小文艺·口袋文库

小说

成为你的美好时光

小文艺·口袋文库

小说

群众来信

苏童

上海文艺出版社

目录

妇女生活

娴的故事

汇隆照相馆坐落在街角上，漆成橘红色的楼壁和两扇窄小的玻璃门充分显示了三十年代那些小照相馆的风格。橱窗里陈列的是几个二流电影明星的照片和精心摆设的纸花。那些女明星的美艳和欢乐对于外面凄清萧条的街道显得不合时宜莫名其妙。从远一点的高处看汇隆照相馆，它就像一只打开的火柴盒子，被周围密集的高大房屋挤压得近乎开裂。有时候可以看见一只燕子从那里飞起来，照相馆的屋檐下曾有过燕巢。如果再注意后窗，还可以发现晾衣竿上挂着的女人的小物件和旗袍，没有男人的东西。

那是娴的家。娴的父亲去世后，汇隆照相馆由娴和她的母亲经营。娴那年只有十八岁，刚从女子高中毕业。她不懂照相业的经营之道，并且对此也不感兴趣。娴眼睁睁地看着家里这份产业破败下去而一筹莫展。有一天她梳妆打扮好准备去电影院看好莱坞片子时，母亲把她堵在楼梯上说，记住，这是最后一场电影，明天你要坐柜台开票了。我已经把开票的辞退了。娴说，为什么？她母亲说，什么为什么？你难道不明白家里的底细，没人上这儿来拍照，拿什么付人家工资？只有靠你和我自己了。

一九三八年，娴在照相馆里开票。生意每天都很清淡，娴聊以打发时间的是各种电影画报。她喜欢看电影，但现在看得很少了，因为白天离不开柜台，而晚上出门又受母亲的种种限制，娴只能在画报上寻求一种飘渺的慰藉。她最喜欢的电影明星是胡蝶和高占非，还有袁美云。在女中曾有人说娴长得很像袁美云，娴淡淡地说，袁美云去我家照过相，她也这样说的。她喜欢披斗篷，很高级的英国货，上面有金线和珍珠。那时候娴被认为是见过世面的人，深受女生们的信赖和羡慕。现在当娴手握《明星》画报，回想往事时心情不由烦躁忧郁起来。娴是个不安分的女孩。

外面刮着风，透过玻璃门，可以看见穿着臃肿的行人和漫空飞舞的梧桐树叶，街角上的美丽牌香皂和花旗参的广告画被风吹得噼啪作响。有一个人推开了玻璃门，摘下了头上的礼帽，他手中的银质司的克的光泽异常强烈。正是这种光亮让娴猛地从画报上抬起头来，她看见那个男人站在柜台前约五尺远的地方，手执礼帽向她颔首微笑。娴后来回忆当时的情景总说她有一种晕眩的感觉，她似乎预知孟老板的出现会改变她以后一生的命运。

先生，拍照吗？

不，我不拍照。

那么你取照片？把收据给我吧。

不。我不拍照。但我想给你拍一张。那人说。

娴看见孟老板把礼帽和司的克放在长沙发上，慢慢地从大衣口袋里掏出一只小型相机。他往后退了一步，对娴说，就坐在那儿，手放到柜台上，托着下巴。娴下意识地按照要求摆出了当时最流行的拍照姿势。镁光灯咔嚓一闪，她听见孟老板说，好了，多么自然的表情，太好了。

后来当娴的那张照片登在《明星》画报上时，她已经成为孟老板的电影公司的合同演员。娴放下了照相馆的工作，投身于梦寐以求的电影业。一九三八年冬天，娴与孟老板的关系飞速发展，她与孟老板双双出入于舞厅和跑马场，引起了圈内人的注意。也就是这年冬天，娴拍了她一生最初的两部也是最后的两部片子。一部是清代宫廷片，娴在里面扮演一个聪明伶俐的小宫女，是配角。而另外一部是很重要的角色，娴扮演一个卷入三角恋爱的摩登女性，最后悲惨地投河自尽。

娴后来搬离了她家的照相馆。孟老板为她准备了一套公寓房子，那是配有电梯的八层楼房，楼下有弹子房、舞厅和咖啡馆，孟老板经常在那里玩至深夜，然后乘电梯到八楼娴的房间来度过一个甜蜜的夜晚。娴知道孟老板是有妻室的人，知道她自己处于什么地位，但她无法顾及这些,那时候她想得最多的是角色问题，怎样与头牌明星争夺主角，怎么疏通摄影师，使自己略嫌瘦长的脸在银幕上光彩照人。

母亲经常打电话到公寓来，向娴叹诉照相馆生意的苦经。娴对此感到厌烦，她对母亲本来就没什么感情，更难以忍受她的絮叨。后来她抓过电话，只要听到是母亲的声音，就啪地挂上电话。

一九三八年春天的一次出游，给娴留下难以磨灭的印象。娴和公司的女明星们一起到苏州春游，其中包括陈云裳和袁美云等大明星。她们坐在一条人木船上，一边啃甘蔗，一边欣赏河两岸初春的田园景色。船快到虎丘塔时，大批的记者蜂拥而至，照相机的快门咔哒咔哒响成一片，娴在这个时刻充分体会了荣耀和快乐。她后来一直保存着那次春游的照片。照片上娴和一群女明星坐在船头上，她们都在啃甘蔗。背景是虎丘塔和大片盛开的油菜花地。

娴在年老色衰以后经常从箱底找出那张照片，细细地端详。昔日的美貌和荣华随时光流逝一去不返，它们如此短暂脆弱，她甚至无法回忆一九三八年命运沉浮的具体过程。多少年来她已习惯于把悲剧的起因归结为那次意外的怀孕。另外，她也不能原谅孟老板的错误，有一次他坚持不肯用那种美国产的保险套，酿成了她以后一生的悲剧。

在娴的妊娠反应日趋强烈后，孟老板驾车把娴送到一家僻静的私人医院。娴坐在一张长凳上，等着医生给她进行堕胎手术。恐惧使娴浑身颤抖，她脸色苍白，无望地看了看孟老板。孟老板坐在旁边读当日出版的《申报》。他对娴说，别怕，一会儿就好了。当女演员的都上这儿来，朱医生的医术相当高明。娴摇了摇头，她说，我怕，我真的怕极了。

手术室内传来一种清脆的刀剪碰撞声，里面好像正在进行手术。娴听见一个女人凄厉地尖叫着诅咒着。她瞪大眼睛倾听着，整个身体颤抖得更加厉害，突然娴从长凳上跳起来，双手掩面冲出门外。孟老板追出去，拉住她的手说，你怎么啦？你跑什么？娴哭泣着说，我怕，我不做这个手术了。孟老板的脸沉了下来，他说，别耍小孩脾气，这手术非做不可。娴抓住汽车车门上的把手，头靠在车窗上哭泣，她说，送我回去，求求你送我回去吧。孟老板站着不动，他说，你到底怕什么？娴说我怕疼，我实在怕极了。孟老板沉默了一会儿，后来他拉开车门，将娴粗暴地推上车，娴听见他恶狠狠地骂了一句脏话，臭婊子。

娴就是从这一天失宠于孟老板的。当时她十八岁，在应付男人方面缺乏经验。她错误地幻想等腹中孩子降生后孟老板对她的态度会重新好转。娴后来闭门思过，她想如果那天做了手术，一切都会好起来。悲剧的另一个起因是她太年轻，她怕疼。就因为怕疼断送了以后的锦绣前程。

一九三九年春天，日本人开进了城市。混乱的时局和混乱的秩序下人心浮躁。街道上人迹稀少，偶尔能听见远处传来的枪声。娴蛰居在公寓里，每天凭窗眺望灰蒙蒙的天空、街道和行人，心乱如麻。宽松的裙裾再也不能掩饰她孕妇的体态，她的脸上长出了一些褐色的蝴蝶斑。她不能也没有片子可演，终日无所事事，唯一盼望的事情是孟老板来。但孟老板几乎不来了。她打电话到公司到孟宅，甚至跑到楼下弹子房去找他，结果每次都失望而归。

有一天娴接到电影公司的电话，让她务必去公司一趟。娴不知道是什么事，她精心打扮一番叫了一辆出租车。在车里她用小镜子不时地评判自己的容貌，担心会引起其他女演员的攻击。当她到达公司时，才发现气氛异样，到处乱糟糟的，服装、道具和损坏的灯架扔得满地都是。一个摄影师站在布景棚高高的横架上对她喊，散伙啦，散伙啦，赶紧去领最后一笔工资，去晚了就领不到了！娴慌慌张张地挤进抢领工资的人群中，她问一个女演员，孟老板呢？那个女演员没好气地瞪了她一眼，还提你那个孟老板，他卷走全部股金逃到香港去了。娴当时如遭巨石击顶，感到一阵强烈的眩晕，随即昏倒在嘈杂的人群里。

灾难不期而至地降临了。娴在公寓的床上度过了难挨的三天。她天天瞪着天花板，用所有肮脏的字眼咒骂着孟老板。她把孟老板的丝绸睡衣剪成一条一条，从窗口扔出去。第四天邮递员送来了一张汇款单，是孟老板从香港寄来的。娴瞥了一眼汇单上的数目，轻蔑地冷笑了一声，她对邮递员喊，谁要这几个臭钱，给我退回去。当邮递员疑惑地离开后，娴又后悔起来，她已经没多少钱了。她似乎看见黑暗的未来就埋伏在明天、后天，她以后该怎么办？这时候娴再次清醒起来，她突然想起在医院的事情。她想如果我不从医院里逃走，如果那天顺从孟老板而不是惹恼孟老板，情况就不会变得这样糟，也许这时候她跟着孟老板一起去香港了。娴揪着自己的头发，这时她深深地体会了一失足成千古恨的感觉。

公寓管理员登门的时候，娴从他尴尬的脸色中预感到了什么。她坐在床上一动不动，听见管理员絮絮叨叨地诉说他的苦衷。娴打断说，你对我说这些干什么。这房子不是付过款了吗？管理员说，是付过了，但付的是一年的租金。娴说，那就对了，不是说一年吗？我住进才半年呀。管理员面露难言之色，他搓着手想了想说，反正孟老板已经远走高飞了，我就向你抖个实情吧：你住进来之前孟老板已经租过半年了，那会儿是另外一个女演员住这儿。娴不再说话，她把枕巾抻了一下，捡起上面一根细细的发丝凝视着，她说，我明白了，你放心，我不会赖在这儿的。

一个初夏的早晨，娴离开了那座豪华公寓。天空高而清澈，微风吹动公寓门口的夹竹桃的红色花朵。娴跟着脚夫走向黄包车前，她回头仰望着八层的那个窗口，天鹅绒的窗帘依然半掩，她听见窗内有人哭泣，那个女人就是她自己。

娴用手捂住耳朵，哭泣声仍然持续。娴真的听见自己在八层公寓里大声哭泣，那不是幻觉而是另一种现实。

去哪儿？车夫回头问。

随便。娴说。

你想逛商店还是游乐场？车夫又问。

哪儿也不去，送我去汇隆照相馆。娴说。

小姐原来想去拍照。车夫疑惑地说，那小姐干吗要带两只箱子？

别废话了。娴突然尖叫起来，送我回家！回家！

娴提着两只箱子推开了汇隆照相馆的门。外面玻璃橱窗里的明星照片已经更换成花圈和寿衣，她没有注意，直到她走进店堂，看见一排各式花圈悬在半空中，娴才发出了惊叫声。寿衣店的老板认识娴，他说，你回来了？回来了就好。娴把箱子放下来，惊魂未定地说，这是怎么回事？寿衣店老板说，你母亲上个月就把店面盘给我了。她还在楼上住，你去问问她吧。

楼上原来放摄像架的地方现在放着一只煤

炉。炉子上炖着一只砂锅。娴闻到了鸡汤的香味，她这才想起已经几顿没吃饭了。她揭开锅盖，不顾烫手就掰下了鸡腿送进嘴里。房门轻轻地打开了，娴不用回头就知道她母亲站在身后，娴仍然吃着鸡腿。

你怎么回来了？母亲说，不当电影明星了？

公司解散了。娴说。

你那个大老板呢？他不要你了？

死了。娴说。他死了，心脏病发作。

撒谎。把你的身子转过来，让我看看你的肚子。

有什么可看的？娴吐出一根鸡骨，她说，你不是也大过肚子吗？

贱货。母亲怒喝一声，让人把肚子搞大了回家下种吗？谁让你回来的？

这是我的家。娴走到原来她住的房门口推门，门推不开，里面上了插销。娴拼命推着门说，谁在里面？是一个男人吧？

门开了，果然是一个男人。娴认识他，是国光美发厅的老王，经常替她母亲做头发的老王。娴对老王笑了笑，然后又回头对母亲说，谁是贱货？你才是贱货。卖了家业在楼上藏男人，你才是个不要脸的贱货。她看见母亲的脸紫涨着说不出话，心中有一种复仇和得胜的快乐。她已经好多天没尝到快乐的滋味了。

娴从前的闺房现在弥漫着一股气味。她知道这是为什么。她现在非常痛恨这种气味。她走到窗前拉开了窗帘，猛然看见离家前随手放于窗台的那盆三色堇依然鲜活，小巧玲珑的花朵和纤细碧绿的叶子在阳光下静若处子。娴面对着三色堇潸然泪下，这是她的第一次哭泣。

在寿衣店楼上的小房间里，挂钟嘀嗒嘀嗒地走动，娴临窗而坐，计算着时间怎样慢慢地消失。她无事不出门，害怕别人看见她怀孕的模样。娴无望地等待着产期的来临，这是她一生中最灰暗沉闷的时期。

娴看见楼下那些披麻戴孝的人从店里搬走一个又一个花圈，寿衣店的生意比照相馆红火多了，因为每天都会有人死去。娴不无辛酸地想，也许她应该买一个花圈祭奠她这一段绝望的生活。

整个夏季炎热多雨，雨点枯燥地拍打照相馆的铁皮屋顶。娴注视着雨中的街道，心如死水。有一天她看见一个小报童在雨中奔跑，狂热地向行人挥动手中的报纸。特大新闻，特大新闻，电影明星阮玉玲自杀身死。娴想看那份报纸，她喊住那个报童，从窗口吊下去一只小竹篮和零钱，买了报纸。她看见了阮玉玲最后的仪容，她的微笑因死亡变得异常美丽动人。娴把报纸细细读了一遍，叹了一口气，她想如果她一样地吞药自杀，舆论是不会这样强度轰动的，没有几个人如道她的名字，她死去抑或活着对这个世界都无足轻重。

娴的产期将至，她母亲对她说，你准备在哪儿生这杂种？娴说随便。母亲说就在家里喊个接生婆吧，别出去丢人现眼的。娴说随便，现在我连死都不怕，还怕疼吗？

一九三九年秋天，娴在照相馆楼上生下了一个女婴。女婴只有四斤重，抱在手上好像一只可怜的小猫。

那个女婴就是芝。

娴曾经给孟老板去过好几封信，索要芝的抚养费，结果都是石沉大海。有一封破破烂烂地退回了，封皮上有查无此人的字样。娴恨透了孟老板，这种仇恨也影响了她对芝的感情。她很少哺乳，也很少给婴儿换尿布，她想婴孩也许活不长，她也可能活不长，没有必要去履行母亲的义务。很多时间娴在芝嘶哑的哭声中安然入睡，产后的娴更加慵懒了。

芝却以正常的速度生长着，她从早晨啼哭到深夜，但她活着。娴有一天细细地打量了芝，发现女儿的眉眼更多的像自己，而不像孟老板，这使娴动了恻隐之心，她把乳头塞进芝的小嘴里，拍着芝说，你为什么要像我？像了我以后没有好下场的。我是世界上最苦命的女人。

产后的娴不事修饰，终日蓬头垢面，她很长时间不照镜子。再次站到镜子前她几乎认不出自己，身材变得肥胖不堪，而那双曾备受摄影师称赞的凤眼也因嗜睡失去了光彩。她想以她这种模样是再也无法上银幕了。

理发师老王频繁地进出于娴的家中，娴看不起这个瘦小的女人腔的男人。她从来不跟老王说话，而老王总是有话无话地搭讪。在饭桌上老王一边赞美菜肴的味道，一边用膝盖轻轻地碰撞娴的腿。娴把腿缩回来，说，恶心。娴的母亲自然不知道其中的前因后果，她对娴说，嫌恶心你别吃，谁让你吃了？娴觉得这种情景很有趣，像电影中的场面，但却真实地出现在她的家庭生活中。另外，她也觉得母亲很可怜，活了半辈子后把自己托付给这个没出息的男人。娴还担心母亲会不会把积蓄倒贴给老王。如果是这样，娴不会听之任之，她会作主把老王赶走。

预料不到的是事情后来发生了奇怪的变化。

有一天老王对娴说，你的头发该做一做了，跟我去美发厅吧，我给你做个长波浪，包你满意。娴没有说话。老王又说，你放心，不收一文钱，跟你收钱不是见外了吗？娴摸了摸她的乱发，她想是该做做头发了。但是她不想出门。

所以她还是没说话。老王最后说，你要走不开，我可以把工具带回来，凭我的手艺在家里也能做出长波浪，娴说了一句，随便。娴后来习惯于对人说这随便两字。

下午老王果真带了一包美发工具回来。娴洗好了头发以后就端坐在凳子上，起初她怀里抱着芝，老王让她把孩子放下，她就顺从地把芝放到了床上。娴端坐着恍惚想起上次做头发还是孟老板陪她去的，是一家最有名的美发厅。好像还看见了胡蝶，她也在那里做头发。现在想起来一切已经恍若隔世了。

你的头发很好，我就喜欢这种又软又松的头发。老王的手轻轻抚弄着娴的头发。

别奉承我了，没意思。娴回头说，你快点做吧。

做头发不能急。老王在后面笑了笑，好事都不能着急。

娴感到老王的手柔软地梳弄着她的头发，电吹风嗡嗡地响了起来。热风不停地吹向娴的头部，她觉得脑子里一片空白，昏昏欲睡，不知什么时候她警觉起来，老王的一只手开始顺着她的脖颈下滑，它已经停留在她的肩背处了。

老王，规矩点。娴说。

做头发都是这样的，尤其是在家里做头发。

胡说八道。我就知道你没安好心。娴在老王的那只手上狠狠地打了一记，她喊道，我可不是她，让你白吃了豆腐。你也不看看自己，配不配在我身上瞎摸？

这话说哪里去了？我可是一片好心。老王不羞不恼地嬉笑着说，亏你还拍过电影，这么不开化？

娴受到了伤心的一击，她的眼圈有点红了。同时娴的紧张戒备的身体开始松弛下来，她突然觉得老王的攻击毋需抵抗。也许她已经没有资格对老王作这种抵抗。娴回头看了看老王的那只手，那只手与孟老板的具有惊人的相似之处，一样的硕大苍白，充满了情欲，娴心想男人与男人并无二致，随它去吧。

电吹风嗡嗡地响着，老王的手温柔地游弋于娴的敏感部位，娴渐渐呼吸急促起来，她觉得脸上很热，而身体像风中杨柳无力地战栗，奶汁被挤压后洇湿了内衣。她有一种快速坠落的感觉。当娴和老王倒在地上时，她听见电吹风仍然嗡嗡地响着，床上的芝哑声啼哭，她还听见楼下寿衣店里有人在大声争吵，好像是为了一只花圈的价格问题。

对于娴来说，这个午后不可思议，但是已成定局，娴后来总是回忆起一只苍蝇，那只苍蝇从窗外飞来，叮在老王白皙而瘦削的臀部上。

娴视一切如流水。当娴的母亲把老王揪出被窝时，娴只是把被子卷紧，没有任何表情。她看见母亲尖叫着追逐赤条条的老王，用扫帚抽打他的背部。娴笑了笑说，打吧，狠狠地打，这种男人该打。当时的场面不忍卒看，娴的母亲涕泪交加大发雷霆，理发师老王东躲西藏，而摇篮里的芝因受惊吓拼命地啼哭，只有娴静静地躺着，漠然注视着他们。娴的目光与母亲相遇。母亲的眼神里有一种冰凉的绝望的东西，这使娴心有所动，她翻了个身，把脸对着墙壁。墙上的白纸已经破裂，阳光透进窗子在纸缝里闪闪烁烁。这是一九三九年的秋季。

隔了几天，娴正在午睡，她听见母亲喊她的名字。娴觉得母亲的声音非常模糊，她好像隔着门跟娴说话。而娴始终没睁眼睛。

老王拿了我两只大戒指，你什么时候去要回来。

你给他的，你不会自己去要吗？娴说，真让人恶心。

我要出门了。我顾不上这些了。母亲最后幽幽地说。

娴听见了母亲走下楼梯的迟缓滞重的脚步声，她当时无法预知母亲从此一去不返，只是根据脚步声判断母亲离家时穿了一双高跟皮鞋。

母亲失踪的最初几天，娴没有往坏处想，她猜她也许去苏杭一带旅游散心了，甚至还猜测母亲会不会有另外一个男人，也许他们私奔去了什么地方。半个月后，娴被告知，她母亲的尸体在近郊的湖中被渔民的渔网捕捞起来，尸体已经发臭了。警察局的人对娴说，你去收尸吧。娴如梦初醒，她脸色苍白，摇着头说，不，我不去，随便你们处理吧。我最怕见死人了。警察说，可她是你亲生母亲呀。娴沉默不语，她掰弄着手指甲想着什么，最后她自言自语说，真不值得，为这个臭男人寻死，太不值得了。

娴记住了母亲最后的遗言。后来她抱着芝去了国光美发厅。在美发厅里娴充分地显露了她性格中泼辣的一面。她看见老王后扬手就扇了他一巴掌，美发厅里秩序大乱。众多的理发师和顾客围了上来，娴当众勒下了老王手上的那只金表，然后索要另外两只戒指。理发师老王窘迫至极，矢口否认两只戒指的存在。娴想它们肯定已经戴在哪个女人手上了，而且母亲一死死无对证，对此她早已有所预料。在一番互相羞辱以后，娴打了老王第二记耳光。她说，两记耳光换两只戒指，老王你又讨大便宜了。在众目睽睽之下，娴把那只金表往衣服上擦擦，戴在自己的左手腕上，然后她抱着芝从容不迫地离开了国光美发厅。

娴大闹国光美发厅的轶事被目击者谈论了好几天，过后也就被渐渐遗忘了，因为两个当事人都缺乏名望。

故去的照相馆老板娘给娴留下了五百块大洋和一小盒金器，娴翻箱倒柜搜寻了家中的每个角落，最后确认她不会找到其他东西了。她冷静地盘算了一下，这些钱财最多能维持三五年的生活。娴对未来第一次感到深深的迷惘和忧虑。她站在窗前凝望外面繁华的街道，一家商店的留声机播放着金嗓子周璇的歌。一个她认识的女演员从皮货店里拎着貂皮大衣出来，上了一辆小汽车。一阵鞭炮声从广东饭店传来，那肯定是婚宴的场景。娴想她已经被外面的世界彻底抛弃了，现在她只有五百块大洋和一小盒金器。追本溯源，她不得不想到芝，某种程度上是芝酿成了她的悲剧。有时候娴听到芝在摇篮里饥饿的哭声，她让芝长时间地哭着，似乎这样使她的怨恨冲淡了一些。

到了秋末风凉的季节，娴结束了半年多的幽居生活。在一个阳光明媚的午后，她抱着芝从楼梯下来，倚着寿衣店的柜台和店员聊天。人们对她短暂的银幕生涯表现了强烈的好奇心。

娴说电影都是假的骗人的东西。又说演电影没意思，哪儿有坐在家里舒服？不难发现娴的话是言不由衷的，她拿着那张和陈云裳、袁美云一起春游苏州的照片，脸上是无可奈何花落去的表情，这一点娴无法掩饰。有时候她抱着芝坐在一只破藤椅上，母女俩散淡地观望街市的风景，一九三九年就这样从她们身边无声地消失了。

这是娴一生中最为缠绵凄恻的年代。

芝的故事

芝的容貌酷肖她的母亲娴。芝看上去要比实际年龄大一些，而娴正好相反，偶尔地芝和母亲一起出门，有人会误以为她们是姐妹俩。这使芝产生一种极不舒服的感觉，她不太愿意和母亲一起出门。另外，芝也不喜欢母亲的鲜艳别致的衣裙，她认为这与她的年龄不相称。

一九五八年芝从一所中等专业学校毕业。她学的是一种枯燥冷僻的专业：水泥制造。她的同学中多为男性，他们终日围着芝转，但芝总是恰如其分地表现出沉静冷淡的仪态，不为所动。其实那时候她已经看上了邹杰。芝和所有的男性都说话，唯独不跟邹杰说话。邹杰一直为此苦恼。直到两年的学校生活结束，临近毕业分配的时候，芝在食堂里问邹杰，你想去哪儿工作？邹杰说了一家水泥厂的名字，芝说，那我也去那里吧。芝又对邹杰说，你去那边窗口排队买菜，我在这儿买饭，我们一起吃吧。邹杰欣喜若狂。从这天起芝和邹杰的关系就明朗化了。

芝把她和邹杰的事瞒着母亲，但娴似乎对一切都了如指掌，每次芝和邹杰看电影或者溜冰回家，娴就用一种异样犀利的目光审视芝，芝感到一种莫名的惶恐。

你交男朋友了？

没有。芝摇了摇头。

别想骗我，我是过来人。这种事怎么逃得过我的眼睛？

你说有就有吧。芝觉得她的脸红了。

是什么人？干什么的？

同学。芝淡淡地说。

我是问你他家里是干什么的？

不知道。我没问过他。芝说，他家里跟我有什么关系？

不知道？你连他的家境都不知道就跟他好了？

我知道他是党员，他是我们学生中唯一一个党员。

就因为他是党员你就跟他好了？党员值多少钱一斤？

他思想觉悟高，他是篮球队长，他还会吹笛子。芝说。

这算什么本事？跟他赶紧断掉，世界上男人多的是，要慢慢地筛选，千万别随随便便去和男人好。

不。芝说。

你不懂男人好坏，以后我会给你找个称心的。你明天就去跟那个党员断掉。

不。芝咬着嘴，她的声音放高了。

娴当时正在剥花生仁。当芝说出第二声“不”时，娴突然大发雷霆，她把筐里的花生壳抓起来朝芝的脸上扔。芝仍然说，不。娴就把那只筐一起砸到芝的身上，她喊道，不听我的话就给我滚，贱货。芝躲闪到一边，她扶着门站了一会，忍着眼里的泪水。后来她说，滚就滚，我本来就不想在这个家里呆。你以为我稀罕这个家吗？

芝走出家门，暗暗发誓以后不再回家。但是她一时不知道该往哪里去，她在学校宿舍的床位已经撤掉了，铺盖也拿回了家。她也没有特别要好的女友可以借宿。芝想她只有找邹杰了。邹杰是她唯一依赖的人了。

邹杰的家很远，而且芝从来没去过，她只是凭着他抄给她的地址找到了邹家。天已经黑了，她站在一条很深很破败的弄堂里敲邹家的门，敲得很怯懦。芝希望开门的是邹杰而不是他家里的人，否则她会很尴尬的。当邹杰开门的时候，芝的眼泪一下奔涌而出，扑向邹杰的怀抱。

邹杰拉着芝的手让她进去，芝坚决不肯。芝在这种状况下仍然保持了她的矜持。她就站在弄堂里和邹杰说话，说着说着抽泣起来。邹杰说，这有什么可哭的？你离开那样的家庭也是好事，干脆住到我家来吧。芝又摇头，她说那怎么行，不明不白的让人说闲话。邹杰想了想说，那你住到我姐姐家去吧，那样就没人说闲话了，我们还可以经常在一起。芝说，可以是可以，只怕时间不能住长，在别人家总归是拘束的。邹杰说，干脆我们结婚吧，下个月我们就结婚。这时芝在黑暗中笑了一笑，她没有再说话。

一九五八年芝所在的学校也开展了大炼钢铁的运动，操场上升起了一只简易高炉。芝偷偷地跑回家中寻找破铁锅和其他废铜烂铁。她是趁娴午睡时回家的，她不想被娴看见自己回家，但她在翻找那只破铁锅时惊醒了娴。娴穿着背心和睡裤站在她身后看着她。娴说，你拿破铁锅去卖钱吗？能卖几个钱？芝头也不回地说，你一天到晚光知道钱，破铁锅能炼钢铁，你不懂。娴轻声地叹了一口气，她伸出手摸了摸芝的辫子，说，我是让你气死了，这两天饭也吃不下。明天回家吧，带上你那位党员同志，我做点好菜给你们吃。芝这时朝母亲看了一眼，她说，怎么又变了？你不是让我们断吗？娴做了个无可奈何的表情，娴说，随便你了，反正是你想跟他结婚，又不是我结婚，你要找谁就找谁吧，谁让我养了你这个宝贝女儿呢？

第二天芝带了邹杰回家。桌上摆了四只小菜，量虽少但非常精美。邹杰夹了一筷子红肠往嘴里塞，被芝打了一下，芝轻声说，到我家不能胡来，我母亲很重规矩，邹杰说，怎么香肠还有红颜色的？我从来没吃过。这时候娴走出了房间，一眼就可以看出娴精心打扮过了，她穿着蓝底黄花的丝质旗袍，腰部以上绷得很紧。娴的嘴唇也浅浅地涂了口红。

娴打量着邹杰，她的直露而奇怪的目光使邹杰很不自在，芝也一样。她忍不住对娴说，你别这样看人家，他又不是小偷。娴莞尔一笑，她说，看看有什么要紧？我看小邹长得不错，很像高占非。

高占非是什么人？邹杰有点局促地问。

你连高占非都不知道？娴想了想说，也难怪，他演电影出名的时候，你们还不知道有没有呢。

原来是演电影的。我不喜欢演电影的，他们都好吃懒做，他们都是资产阶级寄生虫。邹杰严肃地说。

芝捅了捅邹杰。邹杰说漏嘴了。芝以为母亲会变脸，没想到娴没有生气，娴点着头说，对了，他们都是寄生虫，你说得一点不错。不过，能过上寄生虫日子也要靠本事，这点你就不懂了。

娴后来婉转地问到邹杰的家庭状况，邹杰自豪地说，我们家三代工人，我是第一个有文化的人。娴听后脸上的表情莫测高深。后来她说，工人家庭也好，现在是新社会了，工人吃香，有钱有势的人反而不吃香了。

当芝把结婚的事告诉娴时，娴先是惊愕，过后她就哭起来，哭声持续了很长时间。芝茫然地看着母亲扭曲痛苦的脸，不知所措。娴对此的反应超出了芝的预计，芝猜不透她的心。娴进了厕所间，她插上门在里面一边哭泣一边摔打着东西。娴说，滚吧，就当我养了条狗。反正我也不要靠你，你别指望我会给你一分钱。芝觉得很滑稽，她说，我本来就没有跟你要东西。芝的心一下就冷了，她说完就走进了自己的房间，砰地撞上房门。

夏日的一天芝嫁到了邹家。芝没有嫁妆，带到邹家的只有一只磨损了的皮箱。箱子里是她的衣服，还有那些关于水泥制造的专业书籍。芝不想声张她的婚事，但邹家坚持要办两桌酒席。邹杰的母亲对她说，虽然你家没什么人，但我们的亲戚多，礼钱都收了，总归要热闹一下的。

在婚礼上芝穿着一件素色连衣裙，其神情落落寡合，满腹心事。来客都问邹杰，新娘为什么不高兴？邹杰说，她天生这样，她从来不笑。来客说，哪有这种道理？我们要听新娘唱歌。邹杰对芝说，你就唱一支歌吧。芝端坐不动说我不会唱歌。来客不依不饶，要新娘跳舞。芝又说，我不会跳舞，婚礼的气氛立刻沉闷起来，除了芝自己，所有的人都觉无趣。邹杰只好拿了笛子来，给大家胡乱吹了几支曲子。

邹家的房子很拥挤。邹杰的妹妹和父母合并到一起，才给邹杰和芝腾出了一个房间。房间很小，没有窗户，灯从早到晚是开着的，一盏十五瓦的电灯昏黄地照着简陋的几件家具，照着芝的新婚生活。

最初几天，芝经常坐在床上垂泪不止。邹杰怎么哄也没用。他有点生气地说，我家是无产阶级，就这个条件，你应该有思想准备的。

不。芝擦着泪说，我不是为这个，我是害怕。

怕什么？有我在你怕什么？

我说不清。芝低下头看着地上的两双拖鞋，她说，也许我们太草率了，我对以后的生活心里没有底。我就是害怕以后，以后我们不好了该怎么办呢？

你这人小资情调太严重。邹杰叹了口气说，团支部没有批准你入团，就是这个原因。

芝当时已经和邹杰一起分到了水泥厂工作。工厂离家很远，他们几乎每天都是早出晚归，回家后疲惫至极。芝每天都是匆匆吃几口晚饭就上床休息了。芝把她的脏衣服塞到盆里用水泡着，但她总是忘了去洗。芝与邹家人的矛盾最初就是从洗衣服上产生的。芝有一天听见小姑在门外摔摔打打地说，耍什么小姐脾气？自己的衣服让别人洗。芝知道这是针对她的。她走出去，看见邹家人的脸色都很难看。邹杰的母亲把芝的衣服从盆里拎出来，她对芝说，你看，浸了两天都臭了，还是我给你洗吧。芝的脸涨得通红，她夺过那堆衣服，又把它们扔回盆里，一言不发地洗起来。那次芝又落泪了，她从中感觉到邹家人对她怀有某种敌意，也许直接原因就是他们的家庭出身问题。

后来又出现了洗碗的问题。芝虽然洗了自己的衣服，但她每次吃完饭把碗一推就走了，邹杰家人看不惯。邹杰的母亲在饭桌上诉说她做新媳妇时的种种艰辛，芝并没有领会她的暗示，直到邹杰有一次对她说，你也该洗洗碗了，别老让人伺候你。芝这时深深意识到她与邹家的人格格不入。芝冷冷地说，不洗，我情愿不去吃饭也不洗碗。

芝果然两天没在桌上吃饭，她在街上吃点馄饨包子权作晚餐。到第三天，邹杰的母亲对芝说，你要是跟着我们吃不惯，就另吃吧，家里还有一只煤炉。芝说，我随便，我吃不吃无所谓的。邹杰的母亲说，邹杰就跟你吃了，邹杰最喜欢吃红烧肉。芝说，我不会做红烧肉，他想吃让他自己做。

芝的婚姻生活从一开始就有不愉快的插曲。她知道一部分原因来自于她自身。另外一方面，她对邹家充满了鄙视情绪，她认为这个家庭庸俗琐碎，并不优于她和母亲组成的两人家庭。再其次，芝怎么也不习惯使用马桶，她每次出门倒马桶都从内心感到厌恶透顶。

芝让邹杰打报告向工厂申请房子，遭到了拒绝。邹杰说，我是党员，怎么能带头向组织上伸手要房呢。再说，我们现在有房子住。芝说，这也叫房子？连扇窗子也没有，整天透不过气。反正这儿我住不下去了。邹杰说，这点困难你就克服不了？我早就知道你有娇骄二气，吃不了苦，你还不承认。芝说，随你怎么说吧，我不想住这儿了。明天我回娘家去，我情愿受我母亲的气，也不在这儿受你们一家人的气。邹杰的脸挂下来了，他愤怒地盯着芝看了好久，最后带着决绝的意味说，好吧，你走，你嫌弃这儿，我不嫌弃。芝这时候意识到争斗的结果将造成她和邹杰的分离，这并不是她的初衷。她疑惑地说，你不跟我走？邹杰背转身说，我不走。我不愿去你家，我讨厌你母亲。芝咬着嘴唇说不出话，她对邹杰感到深深的失望和忌恨。

一九五八年，昔日的汇隆照相馆经改建重修后重营旧业，只是性质有了根本改变，现在它是国营红旗照相馆。红旗照相馆在楼下，楼上单独另开了一扇门，那扇门里住着芝和她的母亲娴，一层楼板把公共事业和私人生活严格地分开了。

芝回到娘家，娴的反应非常平淡，她说，我知道你会回家的，你毕竟是我的女儿。又问芝，是不是邹杰欺负你了？芝一声不吭，她显得倦怠憔悴，不愿意说一句话。娴很冷峻地打量着芝，突然说，你从来不把我当母亲看，早知道这样，当初我咬咬牙也就挺过来了。芝没听懂母亲的意思，她朝房间里走，说，求求你让我清静一会儿吧。她关门的时候又听见母亲说，我真后悔，我为什么会逃走？

芝也后悔。她后悔不该这么匆忙地嫁给邹杰，至少她要对邹杰的一切考察一段时间。终身大事是不允许任何感情冲动的。芝卧在原先睡的铁床上，看见白床单上那一小块发黄的痕迹，从前的未婚少女的气息梦一样地围绕着她。芝感到怅然若失，整个世界都变得黯然神伤了。

在分居的那几天里，芝躲避着邹杰。在水泥厂的简陋的办公室里，隔着一堵木板墙，她能看见邹杰的乱蓬蓬的头发。邹杰的脑袋一会儿从墙上升起来，一会儿沉下去，芝装作没看见。有一天下班后邹杰骑着车跟在她身后，从工厂一直跟到红旗照相馆门口。芝仍然装作没看见，但他在照相馆的玻璃橱窗前站了会儿，又骑上自行车走了。芝一下觉得非常失望，心里像浇了一瓢凉水。

事实上芝等着邹杰去她家，但芝对此没有把握。芝在焦躁和无聊中过了九天。第九天芝怨恨交加，她想她只能再等一天了，如果邹杰明天再不来，她永远也不会和他继续过婚姻生活。芝其实是一个外柔内刚的女人。

第十天下雨。窗外的瓢泼大雨使芝心灰意冷。芝伏在临街的窗前扫视雨中的街道，看见一辆自行车犹犹豫豫地停在楼下，邹杰穿着雨衣跳下车，轻轻地敲门。芝的心中涌起一股暖流，她对着楼下喊起来，门没关，门是开着的！

邹杰带了条被子来，被子外面虽然用牛皮纸包了一层，还是被雨淋湿了。芝把被子晾到竹竿上，她说，你带被子来干什么？邹杰说，我睡自己的被子。我不睡你们家的被子。芝说，这是为什么？邹杰有点不好意思，脚臭，怕弄脏了你家的被子。芝捂着嘴扑哧笑了，你还挺自觉。

夜里雨仍然下着。芝难以成眠，她看着枕边的邹杰，邹杰已在梦里，他的嘴唇翕动着，下唇上长了一个水泡。芝摸了摸邹杰的脸，心中突然有些后怕。如果今天邹杰不来，他们之间将会发生什么样的事情？

邹杰的迁入使照相馆上这家人的生活改变了格局。娴把买米拖煤之类的家务交给了邹杰。这很自然，邹杰轻松地干掉了许多力气活，他不怕累。邹杰身强力壮，有着超人的充沛的精力。娴后来经常当着芝和邹杰的面夸奖邹杰能干。娴又说，我年轻的时侯怎么就碰不到这样的男人？芝有点反感娴说这类话，芝反感娴在所有男人面前的轻佻言行和举止。

有时候芝感觉到他们夫妻与娴同住一处的微妙细节，芝知道她的母亲是什么样的女人，她总是赶不走一个难以言传的幻觉，芝怀疑娴窥视他们的性生活，所以夜里芝每每要求邹杰的动作保持轻捷，不能发出任何声音。芝怀疑娴躲在门口偷听他们的动静。这种怀疑令芝感到羞愧，她没有办法向邹杰解释。

一天早晨芝被门外的响声惊醒，她睁开眼睛看见气窗上娴的脸一闪而逝，芝叫出了声。她的幻觉竟然被证实了。邹杰被芝的叫声惊醒，醒来看见芝脸色惨白地坐着发愣。邹杰问，你怎么啦？芝捂着脸重新睡下来，她说，没什么，我看见了一只老鼠。

第二天芝就将气窗玻璃用报纸蒙上了。第二天芝看见母亲时心里有一种厌恶的感觉。娴显得若无其事，她说，你们窗玻璃上有只苍蝇，我把它打死了。芝没说什么，她想，但愿真的是一只苍蝇。

芝的敏感多疑的性格导致她对这件事情耿耿于怀，好几天闷闷不乐。邹杰不知其中缘故。他说，你这人怎么情绪无常，前两天不还是挺高兴的吗？芝烦躁地说，你别管我。我们没有自己的家，我是高兴不起来的。邹杰说，是你自己要住过来的，你要不想跟你母亲过我们就回家。芝摇了摇头说，那也不是我的家，不想去。

就在这儿住吧，她迟早要死，死了就安心了。

以后的夜里芝做了许多类似的梦。其中有个梦是娴站在邹杰的背后替他整衣领。这也是芝唯一敢回想的梦境。这些梦折磨着芝，芝知道一切应了日有所思夜有所梦的民谚，她怨恨自己为什么老想这种无聊肮脏的事，况且那是不可能发生的事。即使她不相信母亲，她也应该相信邹杰。邹杰与母亲是格格不入的两种人。

后来芝想起那段时间自己古怪的心态，觉得很可笑。她只能把一切归咎于她内心根深蒂固的不安全感。它由来已久，芝记得她很小的时候经常被母亲反锁在屋子里，她害怕极了。她很小的时候，有个牙科医生经常到家里来，他一来母亲就让芝到另外的房间睡觉。芝一个人在黑暗里害怕极了，她光着脚跑去母亲那儿敲门，门始终不开。芝只能哭泣着回到黑暗中，她真的害怕极了。后来芝想起这些往事，她又把一切归咎于对母亲的忌恨与恐惧。芝如果有了办法，她是决计要离开母亲的，可惜她没有办法。芝同时又是个孤僻而脆弱的女人。

一九五八年，芝作为水泥厂的年轻女技术员投身于火热的大跃进运动。芝的纤瘦的穿着蓝布工装的身影在水泥厂工地非常引人注目。她参与了白水泥的试制生产，因此得到了一枚劳动奖章。芝很珍惜这枚奖章，她把奖章放在她的绿丝绒首饰盒里。盒子里还装着一条赤金项链和一只翡翠戒指，那是她结婚后娴给她的全部嫁妆。

有一天芝正想出门被母亲娴喊住了。娴刚拔了一颗牙，她从嘴里掏出一个沾血的棉花团，对芝说，你还记得黄叔叔吗？他是个牙科医生，你小时候他经常给你吃巧克力的。

芝说，怎么不记得？他一来你就让我一个人睡。

我前天去口腔医院碰见他了，他还在当医生，就是他给我拔的牙，一点也不疼。

芝说，你到底想说什么？

黄医生还是那样风流倜傥，头发一丝也不白，腰板直直的，他妻子去年得败血症死了。

芝明白了母亲的潜台词，她不耐烦地说，

你想嫁给他就嫁好了，我不管，我要去上班了。

等等，让我把话说明白了。娴又拉住了芝，她说，黄医生现在住宿舍，他要是来的话，你和邹杰就要出去了。

芝恍然大悟，愤怒和仇恨噬咬着她的心。芝咬着牙对娴说，他什么时候进来，我们什么时候出去，你别以为我们想赖在这儿。

以后的几天里芝和娴没有说过一句话。芝把这事瞒着邹杰，否则邹杰立刻就要回他的那间黑屋子去了。芝只有在厕所间里暗自啜泣。她痛恨自己生在这个阴冷的家庭里，她想也许她是世界上最不幸的女人了。

正当为今后的落脚点犯愁时，事情有了变化。娴有一天从外面回来，一进门就大骂黄医生是个色鬼，又骂世界上的男人都是色鬼，没有一个好东西。芝冷冷地说，到底怎么了？娴控制不住她的激愤情绪，尖声说，他跟一个护士勾勾搭搭。芝忍不住刺了一句，那你跟他不也是勾勾搭搭吗？娴把手里的草编提包猛地砸到芝的身上，你幸灾乐祸，你们存心把我气死，气死我你们就有好日子过了。男人不是好东西，女人也不是好东西。世界上就没有一个好东西。芝把母亲的提包挂到墙上，回过头看看她那种歇斯底里的样子，心里充满厌恶，另一方面，她又庆幸母亲这场恋爱的结局，这样芝就不需要另起炉灶生活了。

芝又以全部精力投入了白水泥的试制生产。后来，跃进牌白水泥投产了。投产那天市里和部里的领导来剪了彩，最后和技术人员合影留念。后来那张照片登在《解放日报》的头版头条。芝也在照片上，她站在人群的左侧，手捧一束鲜花。芝拍照时不喜欢笑，即使是这样的欢庆场面，芝看上去仍然是心事重重的样子。

芝和邹杰结婚后一直没有怀孕。芝不解其中的原因，他们的性生活是正常的。芝对这种事没有太多的激情，但她也不想采用任何避孕手段，她的潜意识里是希望有个小孩的。她发现邹杰很喜欢孩子。在某次平淡的房事后，芝问邹杰，你想要男孩还是女孩？邹杰说，女孩。你呢？芝郑重其事地说，我不要女孩，我想要个男孩。邹杰说，想不到你还有这种封建意识，新社会男女平等了，男女都一样。芝摇摇头说，不是这个意思，我的想法一时也说不清楚。好多事情女人有感受，男人没有。你懂吗？

芝有一天绝望地把邹杰推开，她望着天花板说，算了，也许我们中间谁有问题，我们应该去医院检查一下。邹杰说，不会的，再说我们又不光是为了生孩子。芝哑着嗓子说，我只对孩子感兴趣。邹杰看着芝倦怠灰心的神情，感到很沮丧，他突然意识到芝是应付他的，芝的目的只是为了孩子。如果这样，我不成了一匹种马吗？邹杰想着，他觉得受到了某种伤害和污辱，他的旺盛的性欲因之被抑制了，以后的几夜邹杰一上床就自顾呼呼大睡。

一九五九年的一个休息日，邹杰陪着芝去了医院。他在外面等了很长时间，突然听见芝在诊疗室里哭起来。邹杰猜到了什么，他一下感到体内变得空空荡荡，伴随着一种深深的凉意。芝从里面出来时泣不成声，她目光呆滞地看着邹杰，什么叫输卵管阻塞？我为什么这样苦，谁都能生育，我为什么就没有这个权利？邹杰扶着芝朝医院外面走，芝的步子摇摇晃晃的，芝继续哭泣着说，如果我有孩子，我会对他好，我不会让他受一点苦，老天为什么就不肯给我一个孩子？

从医院回来后芝的情绪低落到极点。几天沉闷伤心的日子过去，芝开始镇定下来。她站在镜子前端详着自己憔悴的脸，她的脸由于过多的哭泣变得浮肿起来。芝抓过一把梳子梳着头发，对邹杰说，你看我们该怎么办？

什么怎么办？邹杰说。

你考虑过离婚吗？芝沙沙地梳着头发，她说，你要是想离婚，我同意。我不愿意担上绝后的恶名。

别胡说了。邹杰很厌烦地说，我早就对你说过，事业第一，家庭第二，有没有孩子都一样。

现在这样想，时间一长就不同了。芝说，你总不能一辈子跟一个不会生育的女人在一起。

我拿你真是没办法。邹杰叹了口气，你老是自己折磨自己。难道你不相信我对你的感情？

一切都会变的，只有人的命运不会改变。芝把梳子扔到桌上，掠了掠头发，她说，我母亲把我生下来，就是为了让我承担她的悲剧命运，我恨透了她。我是一个私生女，本来就不该来到这个世界。所以我注定享受不到别人的幸福和权利。谁都能生育，我却不会生育，这是我的错吗？

芝那天说了很多。邹杰不耐烦地听着，他觉得芝流露了不健康的思想倾向，但他忽视了另外一种更为可怕的倾向。芝对生活感到了某种彻底的绝望，情绪低落到了极点。

一九五九年秋天的一个夜晚，芝躲到厕所间吞下了半瓶安眠药，然后她安然地回到床上躺在邹杰身边。芝准备就此告别世界。在厕所间的墙上她用圆珠笔写了给邹杰的遗书：邹杰，别忘了付给母亲这月生活费五十元。我是爱你的。

早晨邹杰醒来时发现芝还在安睡，他推了推她，芝一动不动。邹杰想等一会再叫醒她。他去上厕所，看见了墙上那行字后猛地醒悟到了什么。邹杰去敲娴的房门，他失声大叫，快起床，芝寻短见了。娴在里面生气地说，大清早的你胡说什么，好好的怎么会寻死？要寻死的是我，不会是她。邹杰知道娴不相信，他就把芝从床上抱起来往楼下跑。在清晨的大街上，邹杰抱着芝挡住了一辆送豆制品的三轮车。车主说，这女的怎么啦？邹杰又急又恨地说，她活腻了。车主又说，那这车豆制品怎么办？邹杰愤怒地说，人比豆制品值钱！他把芝往那堆油豆腐素鸡百叶上一放，推开车主就骑上车往医院去了。

芝在灌肠后仍然睡了两天两夜。邹杰和娴轮流看护她。芝在第三天的薄暮时分醒来，看见邹杰伏在她的脚边睡着了。她伸出一只手抚弄着他的头发，眼睛看着病室的窗外。窗外的石榴树上有一只小鸟跳上跳下的，芝依稀觉得她的灵魂和小鸟一样在外面流浪着，跳上跳下的。

你先别跟我说什么。芝对邹杰说，你到街上去给我买一束康乃馨。如果买来了，我就不会死，如果街上没有康乃馨，证明我没有权利生活下去，我还会走这条路的。

邹杰跑遍了半个城市，买回了一束红色的康乃馨。他推开病室的门，看见芝的眼睛亮了一下，随之又恢复了原先的淡漠。

你把花插在药瓶里吧。芝轻声地说。

芝，你到底为什么？邹杰一边插花一边生气地说。

不为什么。我就是有点害怕。

你到底怕什么？你怎么能把生命当作儿戏呢？

我怕失去你。日子一天天过去，你对我的爱一天天淡下去,最后没有爱了,说不定会恨我。我害怕的就是这些，芝侧过脸看着窗外，泪水盈满了她的眼眶。

一九五九年，邹杰发现妻子芝的行为越来越古怪病态。芝终日精神涣散，唯一的精力都用在对邹杰的严密控制上。芝不允许邹杰和年轻女性说话，她对邹杰的任何单独活动都表示忧虑和紧张。有一次他发现芝在检视他换下来的内裤，这种卑琐的举动使邹杰难以相信自己的眼睛。

医生认为芝患了忧郁症。邹杰不理解这种疾病的含义，他问医生，如果我们领养个孩子，她的病会不会好起来？医生对此不置可否，但他认为这个办法可以试一试。

到了年底，邹杰去儿童福利院抱领了一个弃婴。他想遵从芝一贯的意愿抱个男孩，但福利院中所有的弃婴都是女孩，没有男孩。邹杰觉得这种情况很不正常，他没有办法，最后抱回家的还是一个女婴。

邹杰给女婴取名为箫。他认为箫是一种有苦难言的乐器，就这样邹杰做了父亲，其实是箫的养父。

芝做了箫的母亲。她对箫的性别始终怀有不满的情绪。

娴做了箫的外祖母。娴说，就当养只波斯猫吧。

箫被抱回家的第二天，他们来到楼下的红

旗照相馆，请熟识的摄影师照了一张全家福。摄影师让他们都要笑，邹杰和娴很自然地笑了，而病中的芝怀抱婴儿笑得略显茫然。后来这张合家欢就陈列在红旗照相馆的橱窗里，过路的行人都会朝它多看一眼。这是一九五九年冬季的事。

箫的故事

箫记得她小时候经常看见燕子。燕子在她家的门檐上筑了一个草巢。许多个早晨箫在燕声啁啾中醒来，她抱着一只破旧的布娃娃坐在铁床上，闻到一股熟悉的煎药气味弥漫了空间。楼梯上有人轻轻地走动。娴每天早晨把箫喊醒，娴的发髻散乱地披垂着，胸前挂着两朵白色的茉莉花。箫记得她起床后总是看见芝在水池边刷牙，芝的嘴角上凝结着牙膏的白沫，一柄塑料牙刷在芝的嘴里来回抽动，发出机械的沙沙的声音。

水池的左侧是煤炉。药煎在煤炉上噗噗地

冒着热气，药味浓郁而古怪。箫知道再过一会儿，那罐药将被端下来，娴把药用纱布滤成一碗黑水，端到芝的手中，芝每天都要喝这种黑水。娴又把一锅泡饭端到炉子上去。箫在上学前必须吃掉一碗泡饭，外加半块腐乳或者一条酱瓜。

箫有许多日记本。在历史最早的一本日记里箫这样写道：我生长在一个资产阶级家庭里。我的童年是不幸福的。我母亲患有精神病。她从来不关心我。我的外婆一把年纪还要打扮得妖里妖气。她每天让我吃泡饭，我没有办法，我只好天天吃泡饭。

箫回避了她的养父邹杰的存在。对于邹杰，箫从来不提。从十四岁那年开始，箫就害怕回忆养父邹杰的脸。在她的整个成长过程中，邹杰一直是她心灵上无法抹去的一块阴影。

一九七二年，箫十四岁。箫对十四岁前的记忆都是模模糊糊的，到了这一年，箫的经历就变得如泣如诉了。

箫那天玩得很累，晚上一上床就睡着了。

大概是半夜时分，箫被突然惊醒。她看见一个黑影站在她的床头，箫想叫，一只手迅捷地捂住了她的嘴。箫认出了邹杰。她听见邹杰压低声音说，别叫，你把被子蹬掉了，我在给你盖被子。邹杰说完朝门外走去。箫发现邹杰是光着脚的，他的光脚在幽暗中泛出寒光。箫害怕起来，她跳下床去关门。门被邹杰抵住了。邹杰又闪了进来，他穿着短裤和棉毛衫，身上有一种膏药的气味。邹杰说，箫，你千万别叫，你是我抱回家的，我喜欢你，我不会欺负你。箫推着邹杰，你出去吧，我要睡觉。邹杰说，她有精神病，我不能和她离婚，可我也是个男人，箫，你懂男人和女人吗？箫快哭出来了，她摇着头说，我不懂，我要你出去，我要睡觉。她看见邹杰颤抖着，眼睛里有一点火光在跳动。她的手在空中挥舞着，碰翻了箱子上的一只水杯。

水杯清脆的碎裂声唤来了芝和娴。她们在外面敲门。箫听见了芝的尖厉的声音，邹杰，你这回总算让我抓住了。箫听见邹杰开门的声音非常沉闷，然后电灯亮了，灯光很刺眼。箫终于尖叫了一声，随后她捂住了自己的眼睛。她不知道死气沉沉的家里为什么突然发生了这场变故。

箫记得出事的第二天她仍然去上学了。那天有体育课，跳小山羊。箫怎么也跳不过去，脑子里总想着夜里发生的事。她看见娴出现在操场那一端，娴提着草编挎包朝箫招手。箫意识到有什么重大的事情在等着她。

跟我去铁路口。他卧轨了。娴说。

箫的脸色发白。她僵立着说不出话。

他装得像个正人君子，干这种下流事。他这是自食其果。娴说。

箫跟着娴赶到铁路道口，邹杰的尸体已经被拖走了。铁轨上有一大摊血，在阳光下呈现出奇怪的紫色。风吹动路上的灌木丛和杂草，箫凝视着那摊血，浑身颤抖。她感到一切都如在梦里。

芝坐在枕木堆上，她双手捧着一只被血溅红的解放鞋。邹杰的丧生使芝的精神有所缓和。

芝对着鞋子说了许多话。

邹杰，你不该和我结婚。芝说。

邹杰，我不该吓你。我说要去告你，我其实是吓你的，你是个大男人，为什么就害怕了？芝说。

箫站在风中。一列黑色的货车从她的身边轰隆隆地疾驰而过。箫注视着那列货车远去，最后消失在天边，什么也看不见了。只有三个女人站在铁路上面对那摊紫色的血。这是一九七二年的一天，箫十四岁，箫十四岁的时候开始成熟了。

箫十六岁那年自愿报名去了农场插队。箫本来可以留在城里，但她一心想离开芝和娴，还有红旗照相馆楼上的阴暗潮湿的家。这是她早就酝酿过的。箫的选择充满了时代意识，因而受到了普遍的赞誉。箫自愿下乡接受再教育的通讯报道发表在一九七四年的《解放日报》上，与当年芝在水泥工地上的照片刊登时间相隔十六年。

箫去了农场以后才发现她陷入困境之中。在苏北荒凉的盐碱地上，生活的艰苦和劳动的强度远远超出了箫的想象范围。箫在水田里插秧时觉得自己像一只迷途的小狗，她的纤弱的身体无法承受农场生活。箫想回家，但家已经变得模糊而遥不可及了。许多个夜晚，箫在茅棚里听见大风吹过苏北贫困的原野，她想着红旗照相馆楼上的家，想着芝和娴的脸，竟然什么也想不起来。箫感到一种真正的孤单和恐惧。

箫下定决心回城。她采用了一个女友传授给她的病退方法，用冰块在膝盖上长期摩擦。女友说，咬咬牙，坚持一个月你去医院，医生就会诊断你有关节炎了。一九七六年冬天，箫抱着一块冰躲进农场简易漏顶的厕所，她仰望芦席棚顶上露出的灰暗天空，用冰摩擦着双膝。箫忍不住失声痛哭起来，她对自己说，既有今日，何必当初呢？

箫后来拖着两条僵硬的腿返回城市。她真的患上了可怕的风湿性关节炎。在肮脏拥挤的乡村公共汽车上，箫坐在她的简单的被包上想象回城后的生活。她感到一片茫然。当车窗外的田野农舍最后消逝时，她意识到自己的青春时光已经提前耗费光了。

箫的经历与她的同时代人基本相似。后来她一直在一家综合菜场的猪肉柜台上卖肉。对于这门职业箫没有嫌弃之心，她有思想准备。与箫前后病退回城的知青觅得的工作五花八门，有剃头的，炸油条的，烧锅炉的，还有一个女孩去殡仪馆当了化妆师。他们对箫说，你算是有福气的，卖肉这行当不错。箫说，我知足，你们以后买肉都来找我吧。

初上猪肉柜台的那几天里，箫老是从自己的衣服上闻到生猪肉的气味。这种气味就像植物一样在她的指甲、头发和鼻孔里生长，挥之不去。箫每天都去对面的公共浴室洗澡，但也无济于事。她没有办法了。随它去吧。箫想猪肉味总比农场生活易于忍受一些。箫后来就不去洗澡了，不去洗澡也就过来了。箫从中总结了对付生活的无为而治的新经验。

箫回城后发现芝的忧郁症病状日趋严重。芝终日坐在背光的窗前，手捧亡夫留下的一只解放鞋喃喃自语。每逢星期三的上午她离家出门，去铁路道口祭奠邹杰的亡灵。箫知道星期三是邹杰的忌日。想起邹杰她的心中就有一种浮冰的凉意。箫不希望留存邹杰的任何记忆，但她始终无法忘记十四岁那年的重大事件。邹杰留在铁轨上的那摊紫色污血在十年以后仍然散发着悲怆的气息。

箫的男朋友小杜有一天在铁路道口看见了芝，芝对亡夫的刻骨铭心的眷恋使他颇为感动，同时他也担心芝的安全，第二天小杜与箫在公园约会时提及此事，他发现箫的反应极为平淡。

你别让她去铁道口了。那里很危险。小杜说。

她有病。她要去，我有什么办法？箫说。我不管她。

你应该管管。虽然她不是你亲生母亲，但也是养母。你不管谁管她？

我不记得她是怎么养我的，我不知道自己

是怎么长大的，所以我不领谁的情。箫低下头咬着嘴唇说。

小杜看见箫的眼圈有点发红，他知道箫对她家的事是讳莫如深的。但是好奇感促使小杜紧追不舍，他谈了一会儿闲话，突然又问，箫，你的养父是怎么死的？

箫沉默不语。她转过脸看着别处，过了好一会儿说，你为什么要打听这些？这跟我们的事有什么关系？

小杜说我只是随便问问，你要不想说就不说。

那天箫借口上厕所不辞而别离开了公园。箫和小杜的约会经常出现这种尴尬局面，许多次不欢而散，然后又再次见面。他们的恋爱不冷不热地持续着，其中一个重要的原因是双方都不想轻易地放弃对方。小杜三十一岁了，是同济大学毕业生，想结婚但没有房子，而箫也二十八岁了，箫是个卖猪肉的营业员，她在红旗照相馆的楼上有永远的房产继承权。他们都逾越了浪漫年龄，一切要从实际出发。

箫和小杜准备登记结婚的前夕开始着手处理养母芝的问题。箫为此调休一天，专程去芝以前工作的水泥厂商量。她直截了当地提出了送芝去精神病院的要求。水泥厂方面很吃惊，他们说，为什么要去那里？芝的病很轻，完全可以在家里调养。箫说，你们不了解情况，她经常去铁路道口，出了事怎么办？谁负这个责任？水泥厂方面说，你是她女儿，你当然有责任照顾她。再说她病休二十几年，厂里付的医药费已经够多了，住院的费用是付不出了。箫说，你们不肯付难道让我付吗？我一个月八十元工资，还要准备结婚，我拿什么付？箫说着说着就哭起来，许多伤心事一齐袭上心头，箫最后已是泣不成声。水泥厂方面因而动了恻隐之心，同意将芝送到郊外的精神病疗养院去。

一个春光明媚的周末上午，箫提着网兜和一口皮箱把芝送上了吉普车。芝一手抱着她最钟爱的红色康乃馨花束，一手抱着亡夫留下的解放鞋走上汽车。她没有作任何反抗，箫看了看芝的宁静木然的脸，轻声劝慰说，去吧，养好了病我再接你回家。

箫结婚的时候，娴已经瘫痪在床上了。箫和小杜的新婚之夜，娴不停地用棍子敲打墙壁，这让小杜感到非常扫兴，他说，她想干什么？箫说，可能又想吃东西了，别理她。她一天到晚躺着，光想吃。小杜说，老这样敲不是办法，你去看看她吧。箫说，不去，让她敲，她存心不让人安静，我恨死她了。小杜无奈地听着墙壁上的反弹声，他说，这样敲我们什么时候才能睡？你不肯去我去吧。

小杜披上毛衣推开娴的房门。娴躺在昏暗的荧光灯的光圈里，她的脸色微微发青，酷似一只苍老的苹果。

你想喝水吗？小杜站在门口问。

娴没有回答，她在翻看一本发黄的影集。

你想吃点什么？小杜又问。

娴抬起头看了眼小杜，然后指了指影集说，你知道吧？我从前是个电影明星。

箫结婚后的第二个月物价就上涨了。她事

先得到消息后首先想到的是贮备食品，她买了许多猪肉、鱼、鸡蛋之类的东西，腌在坛坛罐罐里。厨房里放不下，箫让小杜把腌鱼腌肉放到桌子底下、阁楼上面。箫在家里走出走进，到处闻到从腌鱼缸里散发的腥臭，她厌恶所有不良气味，但她没有办法。箫当家，她必须精打细算，她必须每个月往银行里存一百块钱，才有可能在两年内置备电视机、冰箱和洗衣机。别人有的东西箫也想拥有，而这个目标的实现必须靠箫的努力。

箫裁减了所有不必要的开支。她首先减免了娴的牛奶。娴喝了几十年的牛奶，第一天喝速溶豆浆晶时她把碗摔在地上。娴说，我的钱呢，钱都到哪里去了？连一瓶牛奶也不给我喝了。箫说，坐吃山空，你的钱都让你吃光了。我反正一分钱没拿到你的，给你豆浆喝算我孝顺了。娴躺在床上又哭又闹。箫不为所动，后来她把豆浆碗拿走，说不喝也行，你就跟我们吃泡饭吧，我已经吃了三十年泡饭了，我连速溶豆浆也没喝过。

箫的第二步计划是逼小杜戒烟。小杜起初坚决不同意，小杜说，我活在世上就好个烟，你不能剥夺我抽烟的权利。箫说，什么权利不权利？你烧的不是烟，是钱。我们现在不需要权利，需要钱。我们需要电视机和冰箱，一切都需要钱，等有了钱置齐了东西，你抽不抽烟我就不管了，到那时候你再要回抽烟的权利吧。小杜惊异于箫思维的直接和轻灵。他顺从了箫。他深知箫限制的实际是他买烟的费用，所以小杜后来就成了个专门蹭烟抽的人。研究所的同事讥笑小杜怕老婆。小杜不承认，他说，我不是怕她，我其实是可怜她。她要钱我满足她，男人就应该满足女人的各种愿望，否则世界和人类就不会延续下去了。

后来的一次食物中毒使小杜对腌肉产生了深深的恐惧。小杜吃了家里最后那坛腌肉后腹泻不止，他知道是肉没腌透，时间一长就变质了。小杜硬撑着跑到医院去挂了一瓶盐水，他一个人躺在观察室里想到婚前婚后许多事，忽然感到婚姻的某些前景是黯淡的。后来箫急匆匆地来了。她坐在床边对小杜的病情百思不得其解。

食物中毒？箫不相信，她说，我也吃了腌肉，我怎么没中毒呢？

可能你吃惯了变质的东西，肠胃功能好。

别胡说。箫沉下脸说，如果你不想吃腌肉可以直说，也不用拿中毒来吓我。

小杜再也按捺不住，他说，从来没见过你这样庸俗无知的女人。

箫瞪大眼睛看着小杜，她回味着小杜的话，过了一会她低声哭泣起来。箫说，好吧，我庸俗，我无知，我害得你食物中毒，这个家我不当了，你愿意吃什么就买什么。

小杜说，这跟谁当家没有关系。

箫继续哭泣，她突然从皮包里掏出一沓钱摔到床上，箫说，这个月的工资给你，你来当家吧。我本来就不想当这个穷家。箫说完就站起身走了。走到门边，箫回头看看床头挂着的盐水瓶，意识到小杜是在输液。箫又慢慢地走回来，坐在床上。但她是用背对着小杜的，所以小杜看不见箫是否还在哭。小杜面对的是箫的后背。箫的后背浑圆有力，显示着女性柔韧的意志。小杜认为这种意志缺乏依据但却是难以抗拒的。

箫，我有一种奇怪的想法，好像是我嫁给了你，而不是你嫁给了我。小杜平静下来后对箫这样说。

箫没有听见，或者是听见了不想回答。她仰望着透明的输液管里慢慢流动的液体若有所思。箫在二十八岁上结了婚，箫有着所有已婚女人对生活的忧虑和幻想。后来她低头从指甲缝里抠出一块油污，弹在地上。

我有一种更奇怪的想法。箫突然说，我为什么不是个男人？我不喜欢女人的生活。你们做男人的不知道做女人有多苦，有多难。女人不一定非要结婚，可她们离不开男人，最后都会结婚。我不知道为什么，所以我瞧不起女人，我也瞧不起自己。小杜，你瞧得起我吗？

小杜躲避着箫的视线，他不愿意回答这个问题。箫怀着一种绝望的心情拧她丈夫的手臂，她说，你说呀，说实话，你瞧得起我吗？

瞧得起怎样？瞧不起又怎样？小杜歪过头去闭上眼睛，说，婚都结了，你都怀孕了，还能怎么样？

箫怀孕四个月的时候听说了小杜在外面的风流韵事。有个女友告诉她，看见小杜和一个女的在咖啡馆里喝咖啡。箫起初不相信，她说，小杜每月只留五块钱零花，他哪儿有钱请女人喝咖啡？女友说，你真傻，哪个男人没有私房钱？你就相信他只留五块钱？箫想了想说，我无所谓。他要在外面胡来，我也可以，一报还一报，可惜我现在怀孕了，这副样子太难看了，没有男人会看上我。

有一天小杜穿了一套西服出门，说是去参加朋友的家宴。箫从丈夫的神色中一眼看出了问题。她坐着织毛衣，淡淡地说，你去吧，早点回来。小杜刚下楼梯，箫就放下了手里的活计。她尾随其后，跟着小杜来到暮色渐浓的街道上。箫穿着睡裙和拖鞋，满腹狐疑地走在繁华拥挤的街道上。她看见小杜站在一块公共汽车路牌下，好像在等车。箫正在犹豫是否要跟他上汽车时，一辆汽车靠站了，小杜没有上车，他只是急切地扫视着从车上下来的人。他是在等人。箫这样想着就到路边小摊上买了一袋瓜子。她倚在广告牌后面，一边嗑着瓜子，一边注视着街道对面的小杜。小杜在暮色中的脸苍白而模糊，他的焦灼期盼的目光像剑一样刺着箫的心。箫觉得她的心正一点点慢慢地下坠，一种深深的凉意在她脆弱的体内荡漾开来。箫看了看天空，天空也正在一点点慢慢地黑下来，整个世界空空荡荡。

从车上下来的是一个穿杏黄色裙子的女人。箫看见了她的脸和身材。那是个和箫年龄相仿相貌平平的女人。箫很快对她作出了这个判断。她并不比我漂亮。箫想。她朝前走了几步，又往后退了几步。她犹豫着是否要走过去对他们说点什么。小杜和那个女人相拥着朝这面走过来了。箫听见了那个女人清脆快活的笑声。正是她的笑声最后激怒了箫。箫决定不再回避，她突然站在他们面前，不动声色地嗑完了最后几颗瓜子。最后箫响亮地清了清嗓子，朝他们脚下吐了一口痰，然后她把手里的瓜子壳全部扔到小杜的脸上。箫对小杜冷笑了一声，你的酒宴吃完了吧？吃完了就跟我回家，外面流行性病，你可别染上了。

箫始终不去正眼注视那个女人，这是表明她鄙视她的最佳手段。她扭着腰肢朝前走了一段路，回头再看他们，小杜僵立在路上，一动不动，而那个女人已经汇入大街上的人群，匆匆离去。箫站住等小杜过来，但小杜仍然不动。箫低声咒骂了一句，骚货。她自己也不清楚咒骂的对象是小杜还是那个女人。

那天小杜在外面呆了很长时间才回家。箫不知道那段时间小杜在什么地方，她闻到了小杜身上有股强烈的酒味。小杜昏昏沉沉地爬到床上来，嘴里发出酒嗝的声音，身体散发出浑浊的热气，使箫感到厌恶透顶。她踢了小杜一脚，给我去洗个澡，你怎么这样臭？你要让我吐了。小杜没有吱声，他仰面躺着，呼呼地喘气。箫又踢了他一脚，快给我滚下床去，你这个下流男人，你有什么脸躺在我的床上？箫的脸上猛地挨了沉重的一击，她恍然意识到那是小杜的拳头，她不相信。箫头晕目眩地跳下床，她想找台灯的开关，却怎么也找不到了。她抓过一本书朝小杜身上砸去，她尖声叫起来，小杜，你敢打我，你有什么脸，竟然敢打我？小杜在黑暗中躺着，他说，打的就是你，你让我丢尽了面子。箫说，你还要面子？你要面子就别干下流事。小杜这时候冷笑了一声，我干下流事？我再下流也没跟自己的养父睡觉。你这种女人，你有什么资格来干涉我的自由？箫站在黑暗中颤抖着，她不知道是谁把这个致命的隐私告诉了小杜。箫的眼泪无声地淌过脸颊，绝望和悲愤使箫咬破了嘴唇，她站在冰凉的水泥地上无言以对。事到如今，什么都不用说了。箫想，不要解释了，事到如今，什么都不要解释了，她需要的只是报复伤害她的男人。

箫婚后一年，小杜提出了离婚要求。箫对此有足够的思想准备。当小杜阴沉着脸说出离婚这个不祥的字眼时，箫粲然一笑，她用讥嘲的口吻说，你是个大学生，怎么连婚姻都不懂？女方怀孕期间，男方不能提出离婚要求。小杜说，那好吧，就等孩子出生后再离吧，反正我决心已定，你我无法再共同生活了。箫说，这事可不是全由你定，离不离婚还要看我高兴不高兴呢。小杜说，你到底什么意思，你不是也想离吗？箫看着小杜的脸凝神思考着什么，最后她说，离是要离，但我不会让你太便宜了。

此后就是长达三个月的分居。小杜住在单位的集体宿舍里，他重新回到了从前单身汉的快乐时光中，日子过得轻盈而充实。有一次他和女友一起骑车路过红旗照相馆，看见箫在路边菜摊上买莴苣。箫没有看见他们，她和菜贩耐心地讨价还价，最后拎着一篮莴苣满意地离去。小杜看见了箫的腹部沉重万分，想那里孕育着他的骨血，小杜感到惘然若失。他对女友说，你知道吗？婚姻其实是一只巨大的圈套，只要你钻进去，生活就变得莫名其妙。

一九八七年的夏天异常燠热。这年夏天有

许多老人死于酷热的气候。娴就是其中的一员。当七月将近的时候，昔日汇隆照相馆的楼上已经热如蒸笼，娴在病榻上辗转反侧，她预感到死神正在渐渐逼近，但她除了大量吞食雪糕和冰水，没有其他办法反抗。娴得了褥疮，她时常哀求箫给她作全面的清洗，但箫只是敷衍了事地给擦洗一番。箫捂着鼻子，她对娴说，我这样也对得起你了，你看我挺着大肚子，我也很累，我也想让人给我洗一下呢，可我没这个福气，我在这个家里从来就没得到一点好处。娴后来又要求箫去买冰放到房间里，箫终于忍不住叫起来，够了，你别再烦我了，电扇一天到晚吹着，天天一度电，你还要冰。既然这么怕热，你当初怎么不跟那个老板去香港，香港有冷气，再热也不怕，还有佣人伺候，你为什么不跟他去？

娴老泪纵横。娴在弥留之际经常沉湎于往事的辛酸回忆中。一本发黄的影集就放在枕边，但她已经无力去搬来欣赏，影集里有她年轻时留下的美丽倩影，这是她一生中唯一为之骄傲的事情。娴觉得她的一生像纸片一样被渐渐风化，变成碎片。她想起一九三八年与孟老板短暂的欢情，想起对那次堕胎手术的逃避，又一次心如刀绞。

我怕痛。娴说，就因为怕痛，断送了我的一生。我要是做了手术，不会有芝，也不会有你，我就会过上好日子了。我要是跟他走了，现在也用不着看你脸色挨你骂了。

那不一定。女人永远没有好日子，这跟男人没有关系。箫一针见血地回答了娴的臆想。

娴在弥留之际好像被一种可怕的意象折磨着。她让箫给她拿一把刀来。箫说，你要干什么？娴的脸色潮红，双眼炯炯发光。箫走到厨房里，拿刀回来，正好看见娴微笑着溘然而逝。箫听见窗外飘来一阵如泣如诉的歌声。这是送娴去黄泉之路的唯一仪式了，箫想她为娴作了解脱，而女人与女人的心其实是相通的。女人的共同敌人是男人，但女人却是为男人而死，箫想这不是一件公平的事。

一九八七年的夏天箫独自居住在照相馆上。她每天中午从菜场回家，一半时间倚窗冥想，另一半时间用在拖地板楼梯这类家务事上。箫拖着沉重的身子，拎着水桶拖把来往于楼上楼下，重复着同一种单调的擦洗动作。从窗户门缝里挤进了一九八七年热闹的街市声，但是箫对外面的世界无动于衷。

箫现在是一个人生活了。她竭力把小杜留下的所有痕迹都抹去，其做法酷似当年被抛弃后的娴的做法。最后她站到椅子上，摘下墙上的结婚照。她取出照片细细端详了一番，用剪刀把照片剪成两半，一半是她自己，另一半是小杜。箫把小杜的那一半剪成许多碎片，捧着它们扔进抽水马桶，然后她很利索地放水冲掉了那些碎片。想到小杜的照片已经混迹于粪便和污水之中，箫憔悴的脸上第一次出现了稚气的笑容。

箫怀孕八个月的时候去医院作最后一次围产期检查。医生认为箫有早产的迹象。箫的神色立刻变得忧心忡忡。医生说，你别着急，不管是否早产，婴儿都能活下来。箫说，我不是这个意思，我是担心没有时间，我还有一件更重要的事情没办好呢。医生说，还有什么事情比分娩更重要呢？箫轻声地笑了笑，她说，当然有，不过这事我不能告诉你。

第二天箫像往常一样去菜场工作。她卖掉了很多肉，很快肉案上就空了。箫用抹布擦了擦刀，跑到别的肉摊上割了一块五花肉。她对同事说，晚上小杜回家，我要招待他吃红烧肉。箫后来就把那块肉连同刀一起塞进包里，有同事好奇地问，这么重的刀你带回家去？箫说，这刀快，好用，我带回家派用场。

箫在公用电话亭里给小杜打了电话。小杜很吃惊，因为箫从来没给他挂过电话。箫在电话里的声音柔弱而自然，她说，等会儿你回家吧。我请你吃饭，谈谈我们离婚的事情，这事不能再拖下去了。

傍晚时分小杜如约而至。他带来了一筐橘子和一袋话梅，那都是箫最爱吃的东西。箫的表现很平常，她在炉边忙着炒菜煨汤，她对小杜说，你别客气，现在还没离婚，我们还是夫妻，夫妻之间没什么客气的。

小杜的心情忐忑不安。他认为箫的邀请有所企图，所以一直等着箫的实质性话题。但箫始终不提，她只是殷勤地给小杜夹菜盛饭。小杜终于忍不住了，他说，箫，你想提条件尽管说吧，我会尽量满足你。说吧，你想要多少钱？箫从容不迫地盯了小杜一眼，她说，为什么提钱的事？我如果要十万元你拿得出吗？你拿不出，我也不想要你的钱。小杜说，那么孩子由我来付抚养费吧，每月八十元够吗？箫摇了摇头说我生的孩子我自己养，跟你没关系，孩子也用不着你抚养。小杜感到疑惑不解，他看着箫平静从容的脸，突然觉得她是一个完全陌生的女人，小杜说，我真的没想到你对我这么宽容，那么你到底还希望我做些什么？箫这时候妩媚地笑了一笑，她凝视着小杜的脸，过了很长时间，最后她用一种轻松自如的语调说，你今天睡家里吧，我跟你情义未断，今天夜里做最后一次夫妻吧。最后一次，一了百了，以后我们各走各的路，谁也别管谁。

夜里十点钟左右，小杜茫然地爬上了床。小杜与箫大约保持着一拳之隔的距离躺着。他再次温习了箫的身体所散发的女性气息，想起他的这段短暂的婚姻经历，小杜痛切地感受到生活的种种矛盾。他有许多话想与箫谈，但箫对空泛抽象的话题从来是不感兴趣的。小杜偷偷地观察箫的睡姿。箫侧卧着，脸朝向他这一边。借着月光可以看见箫的眼睛是闭着的，刚刚烫过的头发无力地卷成一团，遮盖了她的一半脸部表情。小杜想她也许很累了，而他也很累了，他们都需要睡觉了。因为该说的话都已经说完，该做的事也都已做完。

凌晨两点，当窗外第一辆送牛奶的三轮车哐当当地驶过时，箫轻轻地下了床。她走到镜子前，借着那一点幽暗的反光整理了一下凌乱的头发。箫看见自己的眼睛在黑暗的房间里闪着灼热的光亮。她在房间里来回踱了一圈，最后从书架上抽出那把割肉刀。也就是这时候，箫感觉到了分娩前最厉害的阵痛，她的整个身体都在这种异常的痛楚中下坠，箫挣扎着朝床边走过去。她一直想在分娩前完成这件重要的事情。但现在不行了，分娩前的阵痛使箫脆弱乏力，她的意志也在这一瞬间迅速崩溃，箫举着她用惯了的割肉刀，她知道她已经无法下手了，也许她本来就缺乏这种力量。绝望、恐惧和疼痛交织在一起噬咬着箫的心，箫猛地爆发出一声凄厉的哭声，她看见自己的持刀的手颓然垂下，当的一声，那把刀沉沉地掉落在地。

小杜惊醒时看见箫哭泣着朝门外挪。小杜说，你怎么啦？箫听见小杜的声音放声大哭，她断断续续地说，送我去医院，我的羊水破了，我要生了。

箫在市妇产医院产下了一个女婴。箫在分娩时不停地哭泣，助产士们以为她是怕疼，她们当然无法分辨产妇们哭泣的内容，其实每一种哭泣的内容都是不尽相同的。

小杜作为家属在产科病房里照顾箫和婴孩。箫从产床上下来后没有同小杜说过话。到了第三天，护士们把婴儿车从里面推出来，箫一眼就认出了她的女儿，她指着婴儿车对小杜说，左边第三个，去抱来吧，那是你的女儿。

箫的奶水很足，她给婴孩喂奶的动作协调而熟练，这让小杜很吃惊。小杜坐在一边，看箫给婴孩喂奶。阳光从病房的百叶窗折射进来，箫的憔悴而苍白的脸上浮现出一种隐隐约约的金黄色，箫凝视着她的孩子，目光柔情似水，旁若无人。小杜倏然发现箫原来也有着一种美丽，小杜又想，哺乳的女人也许都是美丽的。

后来箫终于说话了。箫一边轻轻拍着熟睡的婴儿，一边淡淡地问，你看见地上那把刀了吗？

看见了。小杜狡黠地一笑，他说，其实那天夜里我根本没睡熟，我知道你有阴谋。

你知道我想干什么吗？

知道。我还知道你下不了手，所以我一点也不害怕。

如果不是这孩子，说不定我就下手了。我豁出去了。

如果这样就会发生格斗。你怎么打得过我呢？一般来说，女人都敌不过男人。

我不相信。走着瞧吧，小杜，我不会轻易地放过你。

这是一九八七年的深秋。这一年许多青年妇女在打离婚，箫只是其中的一个。

另一种妇女生活

作为老字号店铺的简家酱园已经不复存在，昔日的后院作坊现在是一个普通的居家院落，长满了低矮的杂草和沿墙攀援的藤蔓，晾衣绳上挂着一些浅色的女人的衣裳，唯一让人想起往事的是五六只赭红色的古老的酱缸，它们或者摞在一起，或者孤单而残破地倚在墙角，缸里盛着陈年的污水和枯枝败叶。两扇被钉死的木门将院子和店堂严格地隔离，也将简氏姐妹清净枯寂的生活和嘈杂尘世划了一道界线。

店堂里仍然卖着酱油，是用黄鱼车从酿造厂拖来的统货，按照成色分甲乙两等价格出售，除此之外还有菜油、食盐、米醋、白酒和各种酱菜，店堂里终日洋溢着酱制品的酸甜而醇厚的气味。三个女店员卖酱油都卖了一段很长的历史，她们的头发、手指和皮肤上也沾满了酱油的气味，她们对此已经习以为常。正午以及午后时分这里经常是空寂而索然的，三个女店员头顶上的楼板便吱吱嘎嘎地响起来，那是简氏姐妹在楼上走动和打扫发出的声音。它们往往是轻轻的小心翼翼的，即使这样，女店员也能从中判断简氏姐妹离群索居的每一个生活细节。尤其是顾雅仙，她能准确地分辨楼上的姐妹在马桶里解手的声音，甚至听得见针线从绣花棚架上坠落在地板上的声音。

但是女店员们很少看见简氏姐妹。简氏姐妹进出走一扇旁门，那扇门异常的低而狭小，恰恰是为纤细小巧的主人特意设计的，男人进门必须低头弯腰，但是从来没有哪个男人走进那扇门里去。整条香椿树街的居民都知道简少贞和简少芬从未婚嫁，多少年来姐妹俩一直离群索居在酱园的楼上。只有卖酒酿的人经常看见她们，他知道她们喜欢酒酿，每次在酱园前敲打竹梆时，他会看见姐姐或者妹妹的苍白模糊的脸在楼窗上一闪而过，然后是一只同样苍白模糊的手，从窗内放下绳子和吊篮，吊篮里放着一角钱和一只蓝花细瓷的小碗。

天气时阴时晴，又是南方的梅雨季节了，从街角垃圾堆孳生的苍蝇一路追逐着空气中酱制品和咸鱼的气味，嗡嗡地飞入酱园来。趁午后店堂清闲了，三个女店员拿起了苍蝇拍到处追打讨厌的苍蝇，经常有被拍死的苍蝇掉进酱油缸里，她们就用手把它们从里面捞出来。这些行为是不符合墙上张贴的食品卫生条例的，但是眼不见为净，买酱油的人从来不计较酱油是否含有细菌。

三个女店员中粟美仙是资历最老的，她从十七岁来酱园后一直就守着这片曲尺形的白木柜台，她看着店门上方的恒福酱园的牌匾雨打风蚀，最后颓然断裂，差点砸到酱园前摆摊修鞋的老皮匠头上。有时候粟美仙以一种饱经风霜的语调向顾雅仙和杭素玉发牢骚，说现在的酱油和乳黄瓜在从前都是上不了恒福酱园的柜台的，顾和杭都不屑于接粟的话茬，并且觉得这种牢骚发得莫名其妙。顾说管那些干什么，又不是你一个人在吃酱油，好坏大家一个样就没什么可埋怨的，杭则刻薄地说，你嫌它不好就别吃，还省得天天把个酱油瓶带出带进的。杭素玉的话锋直指粟美仙顺手牵羊的陋习，粟美仙难堪地沉默了一会儿，突然就用苍蝇拍在柜台上猛拍一记，对着虚拟的苍蝇说，你跑店里来拉屎吗？你以为你很干净吗？

她们之间的关系是微妙而多变的，三个女人互相不睦，但爆发嘴仗的往往是在粟和杭之间，一旦发生口角粟和杭都习惯于争取顾的支持。顾雅仙通常是袒护杭素玉的，但也有例外的时候，因为顾雅仙不想真正地得罪粟美仙，粟美仙的嘴惹人憎厌，手却巧得令人羡慕，她的针线活在香椿树街的妇女群中是数一数二的，顾雅仙有时候要托她给儿女缝衣裳做棉鞋。

酱园也有个店主任，叫孙汉周。孙汉周主要是街西糖果店的主任，兼职领导酱园的三个女人。每逢星期日他就到酱园来站柜台。孙汉周是个不太严肃的男人，喜欢和杭素玉动手动脚地打闹，前来买油盐的居民在夏天曾经看见一个滑稽的场面，杭素玉追着孙汉周要扒他的短裤，而孙汉周在黄酒酒坛和酱油缸之间绕来绕去，他的短裤不时地被杭素玉扒下一部分，露出一块雪白的皮肉，然后又在尖叫和哄笑中掩上了。他们的游戏不愠不恼，而粟美仙和顾雅仙在一边观望，脸上没有什么明显的表情。这种事情自然会在香椿树街上张扬出去，有妇女在街上拉住匆匆路过的粟美仙，向她刺探杭素玉与孙汉周的关系，粟美仙微笑着站住，她的神情是洞察一切的。会咬人的狗不叫，粟美仙说，说完意味深长地一笑，好事的妇女干脆把粟美仙拉到自己的家里，她也不推辞，拎着只人造革的蓝包坐下来，一边嗑葵花籽一边娓娓道来。

其实杭素玉跟孙汉周倒是清白的。粟美仙说到这儿就把话头打住，边上的人急于知道下文,但她把那只人造革包的两根褡手打了个结，站起来又要走了。她说，还要回家做晚饭呢，不在这儿嚼舌头了。

那么孙汉周到底跟谁呢？妇女们追着粟美仙到门口问。

你们自己猜吧。酱园里有三个女的，你们猜是谁？粟美仙边走边说。总不是我吧？我都老得像根酱瓜了。

结论是不言而喻的，有关杭素玉和孙汉周的风流韵事就这样在香椿树街不胫而走。几天后杭素玉的丈夫老宋操着把菜刀闯进酱园，直冲孙汉周而去。杭素玉和顾雅仙两个人合力抱住了暴怒的老宋，孙汉周脸色煞白，摊着两只沾满酱汁的手说，这是怎么啦？好端端的怎么要砍我？老宋从柜台上抓起几块玫瑰腐乳朝孙汉周脸上掷去。我砍不死你就要去告你，告你利用职权玩弄女人，老宋放开嗓门怒声大喊，看你还敢不敢碰我的女人。孙汉周苦笑着抹掉脸上的污渍，他看了眼杭素玉说，杭素玉，你当着大家的面说，我什么时候碰过你？我什么时候玩弄过你？杭素玉的眼睛里一半是泪水，一半是怒火，她夺过丈夫手里的菜刀，在柜台里烦躁地走了一圈，最后她站在粟美仙身边不动了。杭素玉朝粟美仙耳边嘀咕了一句脏话，猛地就将手里的菜刀砍定在白木柜台上。杭素玉厉声说，大家都听着，谁要再敢造我的谣，我就用这把刀把她的舌头割下来，割下来塞她的 × 缝。

这类事情搞大了也就收场了，并没有彻底澄清的必要。说到底香椿树街也非恪守礼仪之地。后来顾雅仙在谈论此事时采取了一种豁达宽容的态度，她对粟美仙悄悄地说，他们其实也就是掐掐摸摸那一套，你别大惊小怪的，比起肉联加工厂的那些骚货，我们酱园真该竖块贞节牌坊了。

孙汉周后来离开香椿树街，在城北的一家煤店当店主任，那里的人都知道孙汉周是因为生活作风问题调动工作的。他自己也不忌讳这个问题，口口声声说，跟女人在一起有苦说不出，被杀了头都不知道脑袋是什么时候落地的。并发誓说他的煤店再也不要女工了。奇怪的是后来孙汉周的煤店里也是清一色的女工，而且又闹出了类似的风波。这当然是另外的故事了。

酱园的柜台里仍然站着三个女店员，在店主任空缺的情况下由顾雅仙负责。有一天顾雅仙给顾客打完一舀酱油，突然想到什么，噗哧一声笑了起来。旁边的杭素玉问她笑什么，顾雅仙说，我想起了孙汉周那个倒霉蛋，他是酱园的第几个店主任了？杭素玉白了她一眼，没有说话。而粟美仙很认真地扳着手指算了算，最后说，从公私合营到现在，有十六七个了，我记得很清楚。顾雅仙收敛起笑容，若有所思地说，也奇怪，男人到我们这里都呆不长。她说着扫视着两个女同事，又抬头看了看顶上的铺着报纸的楼板，楼上有简家姐妹轻缓的脚步声。顾雅仙说，大概这酱园的阴气太盛，是男人就不该来酱园吧？

透过窗外的霏霏雨线，可以俯视香椿树街的雨中风景。简少芬看见有一辆嫁妆车披红挂绿地经过泥泞的街道，两边有人打着伞遮蔽雨点。简少芬站了起来，她想看看那个在雨天出嫁的新娘，但新娘乘坐的车子也许已经过去了，她只看见一群孩子淋得湿漉漉的，追着那辆嫁妆车疯跑。

你在看什么？简少贞说。

结婚。有一辆嫁妆车过去了。六条被子，好像都是真丝和软缎。简少芬听见街东的方向有鞭炮声稀稀落落地响起，她说，好像是学校隔壁那家，那家有五个儿子。

这种阴雨天，结了婚也要倒霉的。简少贞的手在绣花棚架上拍了拍，语气很厌烦地说，把窗子关上吧。

简少芬应声关上了窗子，这样房间里的光线一下子就变得黯淡了，淅沥的雨声也被隔绝在外面。她重新坐到绣花架旁，分理着绞成一团的彩色丝线。她看见姐姐苍白的有点浮肿的脸上残存着一丝愠色。

开灯吧。简少贞又说，逢上阴雨天我就看不清丝线的颜色,听见下雨声我的心里特别烦。

简少芬就拉了拉身边的灯绳。楼上的这间大房间被昏黄的灯光映照着，显现出一种古典的繁琐的轮廓。笨重的红木家具环绕四壁排列，镜台上的座钟嘀嗒嘀嗒地响着，北墙上挂着已故的简老板夫妻的发黄的遗照，照片下面就是那张庞大的红木雕花大床，灯光乍亮时简少芬看见一只老鼠从床底下窜出来，最后消失在墙角不见了。

这样幽暗沉闷的生活年复一年,日复一日，简少芬这一年四十六岁，她记得姐姐比自己大八岁，那么姐姐已经是五十四岁了。有时候她静静地注视姐姐佝偻的瘦小的背影，心里就有一种对垂暮之年的惶恐。简少芬在发现自己提前绝经时，坐在马桶上哭了整整一个黄昏。这是一个衰老和灭亡的信号，预示她作为女人的某种权力已经丧失。她觉得自己对此是有心理准备的,但她无法抑制从心里喷发出来的哀愁。泪眼蒙眬中她看见姐姐站在布帘旁边，无言而关切地注视着她。后来简少贞以一种淡淡的语气说，你怕什么？还有我呢。

你怕什么？还有我呢。简少芬记得幼年时姐姐经常这样劝慰她。她记得从前总是被姐姐搂着睡觉，尤其是在父母双双亡故后，姐妹俩总是相依相偎度过每一个漆黑阴沉的夜晚。这种亲昵的习惯一直持续到简少芬十六岁那年，有一天夜里简少芬梦见一块巨石压在她胸前，使她喘不过气来。等她大汗淋漓地醒来，发现巨石原来就是姐姐的手，那只手正沉重而无知无觉地按在她双乳之间。简少芬搬开了姐姐的手，她的初隆不久的乳房有胀疼的感觉，这使她又惊又羞，从此她不愿意再和姐姐睡一个被窝了。她记得她搬了床棉被睡到小床上去，但是黑暗的空间和噩梦加深了恐惧的感觉，她当时十六岁，却无法离开姐姐单独睡眠。几天后她又回到了那张红木雕花大床上，她采取了一个折衷的办法，她睡大床的内侧，让姐姐睡在外侧，每人盖自己的被子，姐姐没有反对，她只是略含幽怨地望着妹妹说，随你怎么睡。简少芬知道姐姐对她是宠爱有加的，特别是在从前。于是姐妹俩分而不离的睡眠习惯就这样延续至今。

简少芬记得从前经常有一些亲戚和邻居来敲门，他们大凡是来提亲的。起初是给姐姐提，姐姐总是以各种理由拒绝，其中最重要的一条是有关自己的，简少贞说，我不嫁人，我嫁了人让少芬怎么办？少芬离不开我。他们又提出几个愿意入赘的人选，简少贞还是摇头，她说，我们家不要外人进门。等到客人离去后，简少芬看见姐姐在厨房间摔摔打打的，脸色很难看。你别以为这些人是好心，他们都盯着爹娘留下的财产呢。简少贞冷笑着对妹妹说，我这辈子就没打算嫁男人。我这清清白白的身子为什么要去送给那些臭男人？及至后来，简少芬长成了一个小巧玲珑如花似玉的大姑娘，每次去刺绣厂送加工的绣品时，香椿树街上有几个男人的目光灼热地追逐她的背影，她走路时习惯低着头，习惯沿着路边房檐下走，但她还是感觉到了那种目光。她有点惶惑，有点惊喜，更多的则是犹如芒刺在背的不适应。简少芬背着装满绣品的包袱走在香椿树街上，脸忽红忽白，当她走过石码头空地时，她的眼神是一只惊慌的小鹿，阳光一无遮拦地直泻在简少芬身上，人们注意到她的皮肤在阳光下泛出雪白的光泽，就像又薄又脆的蜡纸。酱园简家的小女儿因此给人留下了美丽而又脆弱的印象。

后来上门提亲的几乎都是为简少芬而来的，他们耐心地劝说简少贞让妹妹出嫁，而简少芬就躲在房里，她用手指塞住耳朵，塞了一会儿又松开，她想听听外面的谈话，却又害怕听见任何实质性的内容。

你到底想不想嫁？简少贞曾经这样逼问过妹妹，她的表情是严肃而深思熟虑的，你要是想嫁我也不拦你，我会给你置办一份像样的嫁妆。

不。简少芬摇着头说，我害怕，我不嫁。

主要是没有合适的，没有合适的还不如不嫁。简少贞凝视着妹妹的脸，深深地叹了口气，她说，他们就是容不下我们简家，非要把我们姐妹拆散了罢休。你别看他们脸上热心，把那些男人吹得天花乱坠，其实都在骗人，我才不相信他们的嘴，我只相信自己的眼睛。

我也不相信，我只相信姐姐。简少芬说。

简少芬处处依附姐姐，这在姐妹俩多年的幽居生活里成为一种坚固的定势，而她们有别于常人的生活方式也渐渐消解了岁月和香椿树街上的流言飞语，一直到红颜消逝，不再有人频繁地踏响酱园残破的楼梯。

一个雨后的早晨，简家姐妹打开了朝西的窗户。西窗是用油毡封钉的，平时从来不开。简少芬擦拭着窗户上的灰尘和毛茸茸的霉斑，忽然发现院子里的那棵桃树上结了果子，两只淡黄色的镶有红彩的桃子就悬挂在窗外，伸出手就可以摘到。她很惊奇，那棵桃树从来是只开花不结果的，你来看，两只桃子。简少芬又让姐姐来看，她发现姐姐站在窗前的眼神是疑惧不安的。简少贞对着桃树凝视了片刻，最后果断地抓起剪刀，探出窗外剪掉了两只桃子。她们听见两只桃子坠落在院子里，正好落在一口老酱缸的积水中，扑通一声，声音显得空洞而绵长。

怎么剪掉了？简少芬不满地看着姐姐手里的剪刀，她说，好端端的两只红桃，为什么要剪掉呢？

你不懂，这是恶花。简少贞俯视着酱缸里的那两只桃子，然后她关上了擦到一半的西窗，我记得爹娘死的那一年，院子里的桃树也结了两只桃子。

可是我喜欢那两只红桃，你不剪它们最后也会掉枝的，为什么不留在枝上让我看几天呢？简少芬的手指拨弄着榫形的窗闩，她申辩的声音很低沉，因为她突然有一种哭泣的欲望，那是睹物伤情的悲哀。她忍着从胸腔慢慢上涨的呜咽声，以背部抵御姐姐敏锐的目光，幸好房间里的幽暗掩盖了颊上的泪水。

简少芬从小就容易哭泣，到了后来，她的哭泣会由各种契机引发，无法止住更无法控制。简少芬的脸因此也像她姐姐一样，经常是浮肿的，皮肤的褶皱里布满了晶莹的水花，那其实是眼泪留下的痕迹。

月末酱园关门盘点，顾雅仙发现了店里钱账上的问题。她怀疑两个同事中必有一个贪污了柜台上的钱。这种事情不宜多声张，以免打草惊蛇。顾雅仙在账目上做了点手脚，把钱账交上了，但从此就多了个心眼，她开始暗中盯紧两个同事的手脚，她觉得她必须抓到证据才能说话。

顾雅仙起初怀疑粟美仙，怀疑她的那只人造革的蓝包，她偷偷地摸掐那只包，结果里面除了酱油瓶，连一个硬币也没有。粟美仙收钱找钱的动作也是明快而一目了然的，从来不在钱箱那里多作停留。在多日的冷眼观察中，顾雅仙不得不佩服粟美仙几十年养成的职业习惯。剩下来的目标是杭素玉，杭素玉从不往店里带酱油瓶，她说她讨厌在菜里放酱油，那种味道熏都熏怕了。顾雅仙想也许这就是一个聪明的骗局，也许她带回家的不是零拷酱油，而是钱柜里的钱呢？顾雅仙相信知人知面不知心的道理。

顾雅仙又开始盯紧杭素玉，盯了几天后就心灰意懒了，杭素玉住得近，上班连包也不带，而且她站柜台从来是懒洋洋的，只要柜台边有别人，她甚至不愿意去接顾客的醋瓶和酱油瓶。顾雅仙没有从她身上发现任何蛛丝马迹，她想这到底是怎么回事，明明有贼，但这个贼却怎么也抓不到了。

时断时续的黄梅雨落在外面的青石板路面上，空气潮湿而凝重，酱园的地板上每天都是湿漉漉的，洇满了顾客的泥脚印和水渍。顾雅仙的心情很烦躁，有一天轮到杭素玉休息，顾雅仙不知出于什么心理，竟然把她的发现告诉了素有隔膜的粟美仙。她没有指名道姓，但在这种状况下谈及此事，目标无疑就是杭素玉了。

我早就猜她手脚不干净。粟美仙的反应是平淡无奇的，她望了望门外雨中的街道和路人，挨近顾雅仙的身边说，你想想，她哪来这么多钱，买这么多皮鞋？买这么多的衣料？你没听说她家还要翻盖楼房吗？她要不偷哪来这么多的钱？

偷钱盖楼房倒也不会，少了不过十几块钱，顾雅仙打断了粟美仙的联想，她突然有点后悔把事情告诉粟美仙，于是又收口了。没有抓到证据，也不好随便冤枉人家。顾雅仙板下脸告诫说，美仙，你可别出去瞎说，说出去你自己负责，反正我没跟你说什么。

你怕她，我又不怕她。粟美仙自得地冷笑了一声，她说，她仗着和孙汉周那一手，以为自己是 × 王，连公家的钱也敢朝家里拿了，我还就看不下去。

没有证据，你别再说她了，就算我账轧错了吧。顾雅仙说。

我不信抓不到她的贼手。粟美仙最后恨恨地说，她的眼睛里闪烁着某种热切的光亮。

几天后酱园里爆发了一场罕见的殴斗。殴斗是在粟美仙和杭素玉之间发生的。那时候天已黄昏，香椿树街上的店铺正在纷纷打烊，人们听见酱园店里响起女人尖厉的叫骂声。他们透过虚掩的铺板朝里张望，看见粟美仙和杭素玉扭打在一起，让人惊奇的是粟美仙的手，它固执地伸到杭素玉的裤腰下，掏着什么，杭素玉尖声咒骂着拉扯粟美仙的头发，用指甲掐她的手，而顾雅仙在一边劝架。但是谁都可以看出她的劝架是不得力的，或者像一种做出来的姿态。

我让你掏！我让你来捉赃！杭素玉突然大叫一声，从裤腰下抽出一条紫红色的卫生带，抡高了朝粟美仙脸上打去，粟美仙猝不及防，脸上溅了几点脏血，一时愣在那里，杭素玉这时咯咯笑起来，她说，这回你找到我偷的钱了吧？

旁观者起初目瞪口呆，紧接着都掩嘴笑起来。在香椿树街女人之间的干戈之争是常见的，但这种场面人们还是头一回目睹。后来是顾雅仙跑出来赶走他们，并把门关上了。他们隔着门板，听见三个女人的声音在店堂里吵成一片，渐渐地就难以分辨吵架的内容了。以后数日余波在扩大，杭素玉用卫生带抽粟美仙成为香椿树街一时的新闻。

顾雅仙向中心店的主任汇报了酱园店员不

团结的状况，她认为这种状况是多年来形成的，粟美仙和杭素玉积怨已深，双方都负有一定的责任。她还向领导倾诉了自己的难处，她说她夹在粟美仙和杭素玉之间，很难开展工作。

你觉得应该怎么解决酱园的不团结问题呢？中心店主任这样征求顾雅仙的意见。

调走一个人。顾雅仙慎重地考虑了一会儿，她说，不是菜场和肉店都缺人吗？酱园有两个人其实也够了，只要组织上需要，我可以不轮休，可以天天连轴转的。

那么该把谁调离酱园呢？中心店主任又问顾雅仙。

这我就不好说了，要得罪人的。顾雅仙显得满腹疑虑，试探地说，要是组织上为我保密，我就谈谈我的意见。

你别怕，我们会保密的，再说调人都是由组织上决定，你用不着怕得罪谁。

那就调杭素玉吧，她工作一贯吊儿郎当的。顾雅仙最后说。

杭素玉从酱园调去肉店的事就这样初步决

定了。中心店主任直接找她谈了话，谈着谈着杭素玉嚎啕大哭起来，她觉得这是顾雅仙和粟美仙联合整她的阴谋，杭素玉指责中心店主任听信一面之词，而且以死威胁说，你们要是让我去肉店，我就死给你们看。

连续几天，杭素玉在柜台里对新的仇敌顾雅仙恶语相加，她总结了顾雅仙整她的原因，不外乎是嫉妒自己和前店主任孙汉周的亲密关系，杭素玉好几次把醋瓶往顾雅仙面前送，你爱吃醋，你给人家打醋吧。杭素玉看看对方佯笑的脸，愈发觉得她心里有鬼，干脆把一坛子米醋抱到顾雅仙面前，她说，我买下这坛醋，送给你回家慢慢喝吧。顾雅仙终于无法保持宽容大度的姿态，她猛地扬起手，狠狠掴了杭素玉一记耳光。你以为我怕你？顾雅仙说着用抹布擦了擦手，掮你的臭嘴我还嫌脏了自己的手。

现在杭素玉恨透了顾雅仙，回到家洗菜烧饭时也在不断咒骂顾雅仙，她觉得顾雅仙可笑之至，只不过代理几天店主任就摆开了主任的架子。她决定让丈夫去报一箭之仇。

杭素玉的做建筑工的丈夫老宋这次故伎重演，他再次操起菜刀闯进酱园，当着顾雅仙的面把刀砍定在白木柜台上，老宋瞪着两个神色紧张的女人，用手掌拍击着刀背说，我反正从山上三进三出了，你们要是敢欺负素玉，我饶不了你们，最多再过一次山门。

从某种意义上说，是杭素玉的刁蛮泼辣阻遏了这次调动，事情就这样耽搁下来，最后不了了之。酱园里依然是人们熟悉的三个女店员，只是她们的阵营有了明显的变化，现在顾雅仙和粟美仙经常是结盟的，而杭素玉则是相对孤立的，杭素玉对别人说，我才不在乎她们，我就是不离开酱园，我为什么要让她们称心？对于顾雅仙和粟美仙的关系，杭素玉也作出了判断，她说，你别看她们现在合穿一只鞋子，说不定哪天也会翻脸的，两个人都不是好东西。

简少芬拎着一只竹篮下楼，竹篮里装了好几只瓶子。虽然楼上楼下一板之隔，但她习惯于一次性地把油盐酱醋买齐了，这样可以尽量少地和酱园的女店员们搭讪说话，简少芬不喜欢和这些叽叽喳喳的女人说话，也不知道该怎么跟她们说话。

听楼板的响声，我就知道是你下楼了。顾雅仙笑容可掬地接过那些瓶子，她说，刚到了一盆甜面酱，味道很鲜，你买半斤吧，先尝尝吗？说着就舀了半勺送过来。

那就买半斤吧，简少芬说。简少芬的眼睛看着甜面酱。

好久没见你姐姐了，她怎么就不下楼散散心？换了我成天闷在楼上，肯定要闷出病来的。

她是有病，简少芬淡淡地说，心脏不好，最近关节炎又犯了，天天在炖中药喝呢。

怪不得我闻到一股药味呢，顾雅仙恍然大悟，关切地望着简少芬说，服中药管用吗？要不要我介绍一位医生，专门治关节炎和心脏病的，我女儿的心脏病就是他开刀治好的。

不用麻烦了。我姐姐只相信中医，只相信城东胡老先生的药方。简少芬委婉地谢绝了顾雅仙的建议，她从一只黑丝绒钱包里拈出钱，轻轻放在柜台上。买货不需要找钱，这也是简家姐妹购物共同的习惯，她们从来不去触碰别人的手，不管营业员是男的还是女的。

她们看着简少芬无声地闪出门外，她衬衫上的那股樟脑味也随之淡去了，少顷酱园的楼梯就发出了轻柔的响动，简少芬已经回到楼上，她正从三名女店员头顶上经过。女店员的头顶上就是那个幽闭的不为人知的世界了。

她走路怎么这样小心？她像怕踩死蚂蚁似的。顾雅仙突然笑起来，她说，她们姐妹从来就没正眼看过别人。

那是家教，粟美仙以一种知情者的语气说，你不知道简家的规矩有多少，简老头活着的时候就不准两个女儿出门，少贞上学都是由女佣人接送，上的是教会办的女子学堂，到少芬长大，女子学堂没有了，简老头就没让少芬上过学，当初大概是让她们守妇道的，没想到简老头死了几十年，两个女儿还守在这爿破酱园里，像守着个金库一样。

可怜死了。顾雅仙感叹着，突然想到什么，

凑到粟美仙耳朵边说了一句悄悄话，那姐妹俩活了大半辈子，大概连男人的那东西都没见过吧？

粟美仙咯咯地笑起来，她拍了拍顾雅仙的肩膀，说，那也不一定，只有天知道啦。

粟美仙和顾雅仙的仪态引起了柜台另一端杭素玉的注意，杭素玉正在剪指甲，她怀疑两个同事正在说自己的坏话，就朝地上响亮地啐了一口，谁在放闷屁？杭素玉使劲抽着鼻子，一边把柜台上的指甲屑掸下来，她说，屁放得不响，倒是挺臭的。

楼上锅铲碰撞的声音穿过楼板的缝隙懒懒地掉下来，简家姐妹在准备她们的午餐了，不用抬头去看店堂墙上的挂钟，现在肯定是中午十二点钟。女店员们熟谙简家姐妹的生活规律，十二点的钟把楼上枯寂的一天分成两半，一半是沉闷的早晨，另一半是更加沉闷更加漫长的午后。简家姐妹的岁月就在绣花棚架下一成不变地流逝了，作为同样的女性，酱园的女店员们觉得简家姐妹的生活是不可思议的，也是无法捉摸的，她们对此充满了猎人式的心理。

简少芬看见姐姐无声地站在她身后，姐姐的手里端着一碗发黑的药汁，凑到唇边。简少芬下意识地转过头，看着锅里的冬瓜汤。她不知道自己是怎么回事，特别害怕看见姐姐喝草药的动作，她害怕看见姐姐紧皱的眉头和药汁从唇边淌溢的痕迹，害怕听见那种痛苦的吞咽的声音。她也不知道姐姐为什么总是捧着药碗走到自己身边来，似乎这样能减弱草药的苦味。

你刚才下楼碰到谁了？简少贞把药碗合扣在桌上，突然问妹妹。

没碰到谁，我能碰到谁呀？

你怎么去了那么长时间呢？就是去酱园，怎么要那么长时间呢？简少贞用清水漱完嘴里残留的药汁后又问。

时间长吗？简少芬诧异地望着姐姐，她疾步走到房里看了眼座钟，钟表证实姐姐的话是荒谬的，她从下楼到回来只不过花了三到五分钟。简少芬说，姐，你怎么啦？我去了不过三分钟呀。

我觉得有老半天工夫了。简少贞轻轻摇了摇头，她说，大概一个人呆在屋子里面是会有错觉的，你每次下楼，我一个人在家都觉得时间特别长，心里特别空，绣针也捏不住，我也不知道这是怎么了,好像是怕,又说不清怕什么。

你的身体太弱了。姐，以后你别拼命绣了，那些加工活我一个人绣得完。简少芬沉默了几秒钟，有点胆怯地瞟了姐姐一眼，她说，再说我们也不靠加工活过日子，我们不刺绣，靠爹娘留下来的家产也能活下去了。

这些鬼话是谁告诉你的？简少贞的脸上立刻有了愠怒之色，她摊开双掌逼问道，家产呢？家产在哪里？酱园早就是公家的了，娘留下的金器也抄家抄走了，你说那些家产在哪里呢？难道是我偷藏了？我偷藏了又有什么用？

我不知道，我只是听表姐她们说的，街上的老人也这么说过。简少芬嗫嚅着避开了姐姐的咄咄逼人的目光。

你总是相信别人，简少贞轻蔑地哼了一声，她说，我一直在对你说，不要去相信别人，可是你总是不听我的。你情愿听那些长舌妇的，也不听我的。

简少芬起初没有辩解，她把冬瓜汤盛到碗里，然后端到桌上，她听见姐姐仍然在絮絮叨叨地埋怨自己。你情愿听别人的也不听我的，你总有一天会上当，简少贞说。简少芬突然失去了一贯的耐心和逆来顺受的性情，她猛地把一只碗摔在地板上，尖声叫道，我听谁的？我听谁的？我听了你一辈子的废话，你却还在嫌我不听你的。你到底要我怎么样呢？难道我的日子就过得舒心吗？

瓷碗破碎的声音同样传到了楼下的酱园。三个女店员惊讶地抬起头望着楼板，以前她们从未在头顶上听见过类似的破坏性的声音。

你听，楼上好像吵起来了？真的吵起来了，顾雅仙说。

不会吧？唉呀，真的吵起来了，粟美仙说。

狗拿耗子多管闲事，杭素玉说。

梅雨骤歇的日子里，简家姐妹来到酱园的

后天井，乘午后的太阳晾晒她们的衣物和布料。那些色彩淡雅的丝绸和棉布在阳光下闪烁着平静的光泽，使院子里的杂草和酱缸产生了新的意味。简少芬戴着一顶老式的式样古怪的遮阳帽端坐在一旁，一边刺绣一边看守着天井里的东西。这是姐姐关照的，她害怕酱园里的人从窗栅栏里伸进手，轻易地偷走绳子上的丝绸。

简少芬觉得初夏直射的阳光有点晃眼，刺绣的速度明显地放慢了，尽管这样，户外的劳作还是带来了某种新鲜而舒畅的感觉。她甚至想以后如果天气适宜，她就可以经常在天井里绣，绣所有的花鸟和流水，绣所有的荷叶和鸳鸯。简少芬把彩色的丝线挂在绳子上，那些丝线就随风轻轻拂动了，她发现丝线的颜色在户外的太阳下也显得分外美丽动人。简少芬换了个方向坐下，这样可以避免刺眼的阳光，她看见酱园的窗后有人在注意自己和晾晒的东西，她就朝那扇窗子微笑了一下。

窗后的女人是顾雅仙。她对简少芬已经观察了好久。顾雅仙思忖着怎样和她搭第一句话，猛然看见了简少芬手里的那幅绣品，她的眼睛就亮了。

多巧的手呀！顾雅仙赞叹地说，两只鸳鸯绣得活灵活现的，就像在水上游。我还从来没见过这么好的绣品哪。

简少芬又朝她微笑了一下，她的微笑是友善的，但是她什么也没说。

绣这么一件活能挣几块钱？顾雅仙问。

挣不了多少钱，简少芬含糊地回答。

我儿子快结婚了，到哪儿都买不到像样的枕套。顾雅仙叹了口气，少顷她又说，要是福生的喜床上铺了你的绣品，那就有福气了。不知道你能不能帮我绣一对枕套？就绣一对戏水鸳鸯好了。

行啊。简少芬随口应允了。

这个午后简少芬的心情很好，与顾雅仙的隔窗谈话随着阳光渐渐淡去而遗忘了。简少芬万万没有想到一句随意的承诺导致了未来生活的巨大动荡。

第二天一早简家的临街小门被咚咚地敲响

了。简少芬以为是抄电表的人来了，打开门发现来者是顾雅仙。顾雅仙的腋下挟着一对天蓝色的的确良枕套，手里攥着一绞彩色丝线。顾雅仙没有在意简少芬尴尬的脸色，她说，东西都带来了，你替我绣一对鸳鸯好了，你的手艺我是绝对称心的。简少芬掩饰了内心厌嫌的情绪，心里很是懊恼。

在为顾雅仙绣枕套时简少芬受到了姐姐的多次责备。简少贞厌恶地看着那对蓝的确良枕套。她说，你揽下她们的活计？以后等着吧，什么人都会来找你绣这绣那的。简少芬愁眉苦脸地说，我也没办法，我不过是随口答应一声，没想到她就当真了。简少贞说，什么真的假的，她们是存心来搅事的。我让你别去搭理这种女人，你偏不信，你迟早会害在她们手上的。

简少芬避人耳目地把绣好的枕套交还了顾雅仙，顾雅仙察觉到她的用意，她说，你放心好了，我不跟她们说这事，这些人脸皮厚着呢，要是让她们知道了，说不定会拿什么东西麻烦你呢。简少芬无言地点点头，很快就从酱园拥挤的店堂里挤了出去。她发现柜台里的杭素玉用一种戒备的目光盯着她，她觉得有点莫名其妙。从酱园回到家，简少芬的心情轻松了一些，一个恼人的负担毕竟卸掉了。她没想到黄昏时顾雅仙再次敲响了临街的小门。

顾雅仙提着一只尼龙包，笑嘻嘻地站在门口，从包里拎出一盒糕点和几只苹果。简少芬知道对方是来登门酬谢的，她推挡着那些礼物，脸一下子就红了。简少芬缺乏这种应酬的经验，她觉得非常为难。你要是嫌礼轻了，等我走了你再扔。顾雅仙佯装生气地说，然后她提着礼物兀自朝楼梯上走去，简少芬跟在她身后，简少芬突然意识到自己成了一个木偶，被顾雅仙绕的线团牵住了，一切都身不由己。

简家姐妹就这样迎来了造访的客人。顾雅仙端坐在一张旧式太师椅上，在矜持而冷淡的气氛中并无局促之感，双眼朝向简氏姐妹和幽暗的房间顾盼生辉。简少芬倒了一杯茶，顾雅仙从杯口上嗅到了一股刺鼻的霉味，但她还是喝了一口。茶叶不知道放了多少年了，她想，这对可怜的姐妹就这样招待客人，也许她们并不知道茶叶已经发霉了。

现在的酱油臭烘烘的。简少贞突然对顾雅仙说了这句话，说完她就离开了客厅，在走进卧室时随手拉上了门帘。

她说什么臭烘烘的？顾雅仙回味着简少贞的话，她无法判断这句话的确切含义。

她说酱油呢。简少芬小声地解释道，我姐姐脾气怪，看什么东西都不顺眼，你千万别见怪。

我怎么会呢？顾雅仙朗声笑起来，她说，我猜她是在楼上闷坏了。说实在的，我真为你们姐妹俩担心，就这样闷着过下去，到老了可怎么办呢？

现在已经老了，过惯了清静日子，也就没什么可怕的。简少芬低着头，同样的话她已经对人说过许多遍，现在不得不再说一遍。回答别人的这些问题几乎已成为简少芬的一种义务，简少芬忌恨这些问题和同情的目光，奇怪的是她经常在等待它们，等待那种语言的钝器带来的痛楚，这时候她总是无法把握脸上的表情和舌齿间慢慢滑出的声音。

花布门帘后的咳嗽声无疑是含有逐客意味的。顾雅仙终于站了起来，她微笑着抓住简少芬摊在膝上的手，翻过来看那只苍白小巧的手掌。我会看相。顾雅仙长长的指甲在那只手掌上划来划去，她说，吉人天相，少芬你快要交好运了。简少芬还没来得及说什么，就被顾雅仙拉到了楼梯口，顾雅仙说，我差点把正事忘了，我家福生礼拜天结婚，酒席是我请厨师在家办的，你可一定要来喝喜酒。简少芬连连摇头说，不行，我们从来不到外面吃饭的。再说我手上活计忙，也没有空。顾雅仙仍然握着简少芬的手，焦急地拍打着，你就再赏我一次脸吧，顾雅仙恳切地望着简少芬，她说，我又不是谁都乱请的，我是真心请你来喝这杯喜酒，难道要老姐姐跪下请你吗？顾雅仙想到了什么，又补充说，少贞要是肯赏脸，让她也一起来吧。简少芬仍然摇头，苦笑着说，我姐姐就更不会去了，她也不会让我去。顾雅仙朝屋里瞟了一眼，神色有些不快，她撇了撇嘴，你连这也要听她的？

活了大半辈子，你就不能给自己作一回主吗？

简少芬把顾雅仙送下楼，打开门发现外面的天色又晦暗下来，雨丝已经斜挂在狭窄的街道上，那些未带雨具的行人从酱园门口匆匆而过。顾雅仙啪地打开黑绸布雨伞，她朝简少芬的胯部轻轻拍了一下，连嗔带怨地说，你怎么就不肯爽快地答应一声呢？记住，礼拜天来我家喝喜酒，你要是体恤老姐姐，到时就别让我再上门三请四请的了。

那就去吧。简少芬望着街上湿漉漉的石板路面和低陷处的水洼，眼睛里是一种茫然而顺从的幽光，她的手将那扇小门的手柄拉了一下、两下，门轴就发出了吱吱嘎嘎的响声。她说，那就去吧。

礼拜天的早晨简少芬在燕声啁啾中醒来，看看桌上的钟才五点钟，但她还是起床了。她从姐姐的被窝上越过去，听见姐姐在问，起这么早干什么？今天别去菜场了。

简少芬走到窗边打开了西面的窗子，她看见一只紫黑色的燕子从屋檐的泥巢中飞起来，在院子里盘桓飞行。她想是她把燕子吓着了，于是她轻轻离开窗边，到厨房去打开煤炉的炉门，然后把一锅草药端到炉子上熬着。简少芬在干这些事时脑子里仍然想着那只燕子，燕子笨拙而慌张的飞行姿势使她联想到自己。她经常觉得巢里的燕子是她整个生活的一种写照。

你真的要去顾雅仙家喝喜酒吗？简少贞在床上大声问。

她是一片真心。简少芬说，看来不去是不行的。

你以为那喜酒是随便喝的吗？你要去就要送礼，我生来就讨厌那种拉拉扯扯的应酬，什么喜酒丧酒的？都是想从别人口袋里捞钱。

她说不收我的礼。如果一定要送就送吧，我去时带上十元钱好了。简少芬怏怏不乐地说。

不兴那样送礼的。要送就要赶在婚宴前送，否则人家拿了你的钱背后还要骂你，简少贞在床上窸窸窣窣地穿衣服，语调中带有明显的愠怒。她说，你非要喝那喜酒就去喝吧，不过你趁早把钱送给人家，人家等着呢。

简少芬没再说什么，她对姐姐的话半信半疑，但一种受骗的感觉还是像阴云一样浮上心头。简少芬看着药锅里的黑色药汁渐渐翻沸起来，用筷子在药锅里猛烈地搅了一下。不去了，不去了。简少芬听见愤怒而尖厉的声音从嘴里滑出来，她被自己惊呆了，不相信那是自己的声音。

不去了？简少贞已经站在水缸边刷牙了，她的嘴角沾满了牙膏泡沫，不时地因牙刷的深入而发出干呕的声音。不去就行了吗？简少贞又说，顾雅仙能放过你？你不去她会上门来请的。不信你就试试我的嘴巴。

烦死人了，你到底要不要我去？简少芬紧锁双眉地打开桌上的梳妆盒，盒子里是两把细齿木梳，一瓶三花牌头油和一只白银条簪。简少芬准备给姐姐梳头了，这也是姐妹俩每天早晨要干的头一件大事。多年来简少贞始终如一地梳着旧式的圆髻，每次都是简少芬替她梳的。

简少芬手里的梳子嵌满了姐姐灰白色的长发，它们纷乱无序地缠在梳齿间，就像一堆枯草。

她看着那些落发，突然觉得一阵辛酸，手就迟滞地按在姐姐的头顶上不动了。她说，可怜，都要掉光了。

你说什么？简少贞回过头看了看妹妹，我没说不让你去，你想去就去好了，何苦要拦着你呢？

我是说头发，你的头发快掉光了，我的手快抓不住了。

掉光了才好。简少贞冷笑了一声说，掉光了你就用不着天天替我梳头了。

我不是这意思，我有点害怕。简少芬说。

你怕什么？我都不怕。就是真掉光了也不怕，反正我不出门。简少贞又回头看了看妹妹的齐耳短发，很快收回了视线，她说，你的头发还黑着呢，你怕什么？

不知道，我说不清楚。简少芬茫然失神，手中的梳子停留在半空中，她突然觉得梳子很重，而自己的手臂更加沉重，习惯和理智迫使梳齿靠拢姐姐灰白的长发，但她的心在抗拒那些难看的失去了弹性的白发，不管是缠在梳齿间的，还是依然残存在姐姐头上的，她差点发出呕吐的声音，这些复杂的心情她永远说不清楚，简少芬对此感到非常惶惑。

从中午开始简少芬有点心神不定。她倚窗观望外面的香椿树街，等待那辆披红戴绿的嫁妆车经过，但嫁妆车迟迟没有出现，她猜想它是从另外一个街口通过驶到顾雅仙家去了，后来她隐隐地听到远处有鞭炮声炸响，禁不住舒了一口气。她突然意识到这一天的牵挂就是这样热烈持久的鞭炮声。

顾雅仙果然上门来请简少芬了。顾雅仙先是在简家的小门上敲了一阵，没人下楼开门，她就从酱园里绕进去，打开了素日封死的那扇门，直接站在天井里对着楼上喊。简少芬苍白的脸后来出现在窗口，一半是茫然一半是感激地望着天井里的女人。顾雅仙向她挥着一只油腻的袖套喊，六点钟开席，你可一定要来。我忙得腿都抬起来用了，别让我跑第二趟。简少芬对她笑了笑。顾雅仙又说，你在忙什么？今天就别绣了，打扮打扮来喝喜酒吧。简少芬的身子朝窗外探了探，欲言又止的样子，最后她只是轻轻地说了一句，那就来吧。

这天顾雅仙家门口挤满了前来赴宴和看热闹的人，所有过路的人和车辆都必须小心翼翼地穿过这些欢乐而无所事事的人群，他们看见了酱园楼上的简少芬跟在顾家运酒水的黄鱼车后面。简少芬穿着一件颜色和式样都显得奇怪的丝绸衬衫，低着头走进拥挤的新婚人家。他们对简少芬的到来感到意外，目光都追逐着那个矮小的背影，后来有一个女人以知情者的口吻解开了人们的疑团，她说，她跟雅仙是很要好的。

简少芬一进去就后悔了。顾雅仙家里蚂蚁般的人群和乱哄哄的气氛都使她害怕。她不知道该坐在哪里，也不知道该跟谁说话。她看见顾雅仙在天井的临时搭就的厨房里搬着碗碟，就走过去了。来啦？去喝杯喜茶吧。顾雅仙嘴里招呼着，手却不停地在忙着什么。简少芬涨红着脸从提包里拈出一个红纸包，放在一只碟子上。你看你，这么客气干什么？顾雅仙佯嗔道，我让你别送礼，你还是送了，反倒让我难办了。简少芬摇了摇头，她看了四周围一眼说，真热闹。顾雅仙朗声笑起来，结婚喜日就要这份热闹，少芬，你去福生的新房玩玩吧，新郎新娘都在里面呢。简少芬走到新房的门口，看见里面人更多，喧哗的声音也更其热烈，她又折身离开了。她的内心再次充满了受骗的感觉，整个顾家没有一个适宜于她的地方，她不知道她为什么要来这儿。

开席时顾雅仙找简少芬入座，竟然不见她的人影了。有人说看见她已经走了。顾雅仙跺了跺脚，骂道，这个神经病女人。骂完就追了出去。顾雅仙在药店门口追到了简少芬，她把她往回拉拽着说，少芬，你这是干什么？我要是怠慢了你你可以骂我，你怎么能走呢？简少芬窘迫地低下头，任凭顾雅仙拽着她走，她嗫嚅着说，我只是有点害怕，人太多了。这样的场面我不懂该做什么该说什么。顾雅仙拍了拍大腿说，咳，你这个人呀，我是请你喝喜酒的，你什么也不说还不行吗？你走了可不行，今天我还要介绍你认识一个人呢。

简少芬回到顾家，邻座的客人都用揣测的目光望着她。顾雅仙拉着简少芬的手从六张桌子间穿梭而过，最后把她按在一张空凳子上，好了，你就坐在章老师旁边吧。顾雅仙在简少芬肩上用力一按，章老师也是个老实人，你们互相照顾，随便聊聊吧，谁也别客气。简少芬从眼角余光中判断那是个四十来岁的男人，戴了副眼镜。她低下头，从提包里掏出一小团酒精棉花，将杯碗筷都擦了一遍，她的目光触及了章老师的两只脚，那两只脚上套着一双硕大的解放鞋，这种不合时宜的穿戴使简少芬无声地笑了笑。简少芬没有再朝章老师的鞋看，后来她看见章老师的手小心翼翼地伸过来，往她的碟子里夹了一块咸肉，听见他用同样小心翼翼的声音说，你吃。简少芬讨厌吃咸肉，但她还是很有礼貌地说，你吃，我吃不下。简少芬始终没有正眼看章老师，她想起顾雅仙刚才丢下的话风，脸上一阵一阵地发热，她悄悄地把用过的酒精棉花扔到地上时，听见章老师又说了一句话，讲卫生是很有好处的。这句话给简少芬留下了深刻的印象。后来简少芬回忆起与章老师接触交往的过程，她对他产生的好感也就是从那句话开始的。

杭素玉上班时路过绸布店，看见架子上新到了几种丝绸，她绕进去看了一会儿，后来就迟到了。她走到酱园门口，看见店堂里已经有人在打酱油了。柜台里顾雅仙和粟美仙都在，杭素玉想她干脆去铁匠铺看看，她托老铁匠打磨的剪刀是否已经弄好，反正已经迟到了，反正她们已经在考勤卡上做下记号了。杭素玉后来提着一把新磨的剪刀再回来，正好听见粟美仙嘴里蹦出一个敏感的名字：孙汉周。杭素玉的心往上拎了一下，站在门外偷听，但粟美仙的声音突然低下去了，怎么也听不清楚。虽然听不清楚，从店堂里传出的窃笑声中，杭素玉判定粟美仙又在背后说她的坏话。

杭素玉走进去，店堂里的人一下子噤声不语了，神态各异地望着她。杭素玉乒乒乓乓地撞进柜台里面，佩上围裙，戴上袖套，然后她突然把那把剪刀往柜台上一拍，谁再在背后嚼蛆，老娘就用这把剪刀剪了她的舌头，说剪就剪，老娘不怕吃官司。杭素玉的嘴唇颤抖着，她的目光充满了暴怒的挑衅，逼视着粟美仙。粟美仙却不看杭素玉，若无其事地把一包萝卜干塞进一个女人的菜篮里，她说，今天天气不对头，又闷又热，我看见公厕里的蛆爬得到处都是，恶心死了。

整整一天杭素玉就靠在货架上一动不动，偶尔地视线落在粟美仙身上，她的眼睛有一点明亮的光焰。杭素玉的情绪有些异常，顾雅仙和粟美仙都注意到了这点，但谁也没有更多的戒备，酱园女店员之间的口角是经常发生的。下午四点多钟，香椿树街又热闹起来，从工厂下班的人从酱园门口成群地经过，有的就拐进了酱园，杭素玉这时候离开了柜台，她在门口拉住一个男人问，我家老宋回来没有，那个男人说，回来了，在家门口跟人下棋呢。杭素玉笑了笑，回过头对顾雅仙说，我先走了，今天又迟到又早退，你都给我记上吧。

顾雅仙打开考勤卡，在杭素玉的名字后面又重重地打了一个 ×，她说，没见过这样厚脸皮的人，调她走不肯，留下来又不干活。顾雅仙气咻咻地抱怨着，突然发现柜台上的那把剪刀，她顺手把剪刀收了起来。这个泼货，她把剪刀带来干什么？顾雅仙说，怪吓人的，她什么事都做得出来。粟美仙在一边说，你别动剪刀，就放那儿，让大家看看这个泼货。我就不相信她敢对我动剪刀。粟美仙话音未落，就看见酱园的门被踢开了，杭素玉和她丈夫老宋一前一后冲了进来。

粟美仙，我剪了你的舌头就去吃官司。杭素玉高叫着去抓柜台上的剪刀，顾雅仙想夺已经来不及了，她把粟美仙朝里面的仓库推，美仙，你快躲一躲。粟美仙踉跄着退到仓库，下意识地想拉住顾雅仙的手，但杭素玉已经冲了过来，整个身体抵住了仓库的门。杭素玉对她丈夫喊，你这个笨蛋，你快来揪住她，我要剪了她的烂舌头。老宋就过来捉住了粟美仙的双臂。杭素玉又喊，掰开她的嘴，我剪了她的烂舌头。老宋去掰粟美仙的嘴时手上被狠狠咬了一口，几乎是同时他的下身也被粟美仙捏了一把，老宋疼得跳了起来。粟美仙腾出了身子，和杭素玉扭打在一起，这时候她听见了顾雅仙尖厉的喊声，杀人啦！杀人啦！

人们从街上拥进酱园，阻挡了老宋夫妇对粟美仙的袭击。有人从杭素玉手中抢下那把锋利的剪刀，从仓库的窗户扔进了简家姐妹的天井里。当事人被一个个地架开了，除了老宋没有明显的外伤，杭素玉和粟美仙的脸上都留下了形状不同的抓痕和血印。酱园里挤满了人，他们望着三个当事人,对事态的发展议论纷纷。

顾雅仙严厉地指责了哭丧着脸的老宋，她指着老宋的鼻子说，你看你多没出息，女人间的臭事要你个大男人来瞎搅，你们杀了人难道不要偿命吗?

没想杀她。素玉只说要割她的舌头，她拖着我来我只好来。老宋捂着裤裆，有气无力地回答说。

割舌头就是要杀人。什么事情不好解决，非要动刀杀人吗？

杀人，杀人，你才在瞎搅。老宋很不耐烦，他的手在裤裆外摸了一下，突然苦笑着说，她也够狠的，连汗毛也没碰到她一根，倒把我的卵蛋给捏碎了，不信脱下来给你看看？

店堂里的人都笑起来，顾雅仙也忍俊不禁捂住了嘴。想想又不该笑，于是正色道，素玉和美仙这样闹下去不行，我要向领导反映的。我是酱园的负责人，万一出了人命我可负责不了。

这天酱园到很晚才打烊，等人去店空了，顾雅仙发现货架上的瓶装酱菜和味精、盐袋少了许多，明显是被人趁乱卷走的。顾雅仙想想就迁怒于杭素玉和粟美仙身上了，这些损失应该让她们两个人一起赔偿。

简少芬到天井晒衣服，发现地上有把剪刀，她把它捡起来放到一只倒卧的酱缸上，并没有把丢弃的剪刀和前几天酱园的那场殴斗联系起来，她从来没有观望邻里斗嘴打架的习惯，这也是简家古老的家规之一。那天黄昏楼下的喧闹她是听见的，她想下楼看被姐姐阻止了。

不知谁在天井里丢了剪刀。简少芬上楼时顺便把剪刀带回来了，她试了试刀锋说，还是把新剪刀呢。

放厨房里吧，剖鱼剪菜能用得着。简少贞说。

简少芬就把剪刀挂在了墙钉上，她不知道这把剪刀是怎么落到她家的天井来的，想想这件事情似有蹊跷之处。

几天来简少贞一直埋怨她的热伤风。伤风诱发了她的头疼病，也使她的脾性变得更加阴郁和易怒。简少芬建议姐姐脱掉那件蓝布罩衫和玄色裤子，她说，这么闷热的天，又不出门，你捂那么严干什么呢？在家穿什么都没有人看见的。简少贞对她的建议置若罔闻，她躺在大床上懒懒地摇着蒲扇，枕边放着一台老式的木壳收音机。收音机里传出越剧《碧玉簪》哀怨的唱腔，正好是“三盖衣”那个著名的片断。

什么三盖衣？简少贞突然关掉了收音机，鼻孔里哼了一声说，严小姐是个蜡烛货，自轻自贱的蜡烛货。

那是戏文，不能当真的。

说来说去男人更可恶。简少贞叹了口气，在额角上擦了一点薄荷油，然后她说，我头疼得厉害，好像是热火发不出来的样子，少芬，你来给我刮刮痧吧。

简少芬应声走出去端了一碗凉水，她走到床边替姐姐把衣服脱了。姐姐的雪白的松垂的上身就这样袒露在她的目光中，手指触摸之处是微凉而柔软的，鼓出的脊椎两侧还留有上次刮痧的红印。简少芬噙了一口水喷到姐姐的后背上，姐姐端坐着一动不动，简少芬自己反而战栗了一下，她的手在空中犹豫了好久才落下来，用指关节扯动着姐姐后背上绵软的肌肤，看见红色的淤痕一点点地显露出来，简少芬的手指也莫名地战栗起来，她觉得心里有一种重压下的疼痛的感觉。

你重 点，刮轻了起不出痧，没有用的。

简少贞的嘴里发出轻轻的呻吟声，她用扇柄在床上敲了敲，你今天是怎么啦？干什么都心不在焉。

我也不知道，我觉得有点累。简少芬嗫嚅着侧过脸去，她望了望窗外，又看了看自己的手指，它们仍然微微地战栗着，简少芬摇了摇头，把她的失去主张的手继续放到姐姐的背上，她说，天又暗下来了，衣服晾在天井里，我怕会下雨。

窗户半掩半合，从外面挤进来潮湿和闷热的南风，一只苍蝇也从窗外飞进了简家姐妹的房间，后来就是这只讨厌的苍蝇点燃了简少芬心底潜伏的无名怒火。

简少芬看见那只苍蝇嗡嗡地飞来，它就在简少芬的头顶上耐心地盘旋着，她用手去赶，苍蝇飞高了一些，仍然不肯离去，简少芬又挥手驱赶，如此重复了几次，那只苍蝇仍然固执地在她头顶半尺的空中营营嗡嗡，简少芬忍无可忍，她朝着苍蝇怒声叫了一句，讨厌的东西，快滚。

一只苍蝇，随它去。简少贞对妹妹的小题大作觉得不耐烦，她说，别管苍蝇了，继续刮吧。

不，我要拍死它。简少芬突然从姐姐手里夺过蒲扇，她咬着牙将扇子朝苍蝇挥去，苍蝇在屋里低低地盘旋着，最后终于飞向了窗外。简少芬扔下扇子追了过去，她对着窗外那个远去的黑点骂了一句刺耳的脏话，操不死的烂×。

简少贞惊诧万分，她猛地回过头注视着妹妹苍白失血的脸，目光里掠过一道疑虑和恐惧的光。简少贞说，少芬，你在骂脏话，你怎么骂起脏话来了？

我骂什么了？我骂脏话了？简少芬恍惚地反问，她缓缓地走回来坐在床上，她想把姐姐的身体扳过来继续刮痧，但简少贞把她的手推开了。

真丢人，你骂这样的脏话，简少贞的嘴角浮出一丝讥讽的微笑，她说，你现在跟酱园的那帮女人一模一样，这种脏话你怎么说得出口？

我也不知道怎么回事，我恨死了那只苍蝇。

恨苍蝇？简少贞冷笑了一声，开始拾起衣

服往身上穿，她说，我知道你跟顾雅仙那种女人搅到一起去了，顾雅仙一向喜欢指桑骂槐，你现在学会了。我哪儿害了你，让你这么恨我？

我骂的是苍蝇，我没有骂你。简少芬沉默了一会，突然跳起来对姐姐尖声大喊，我没有骂你，我怎么敢骂你？然后简少芬呜呜地哭起来，她的哭声听上去喑哑而又空洞，伴随着贫乏重复的哭诉，我怎么敢骂你？她说，我怎么敢骂你？我骂的是苍蝇，我骂我自己。

简少芬哭得像个泪人似的，情绪才渐渐稳定下来。她走进厨房去洗脸，看见姐姐倚着墙用毛巾擦眼睛，她明显也是刚哭过的，眼睛还红肿着。简少芬摘下自己的毛巾就退了出去，顺手把门重重地关上了。她对着墙上的圆镜审视着自己的面容，镜子里的自己总是愁眉苦脸的，也许这样的表情经年不变地滞留在脸上，只是她自己不知道而已。而双颊的湿润的泪光使简少芬产生了深深的自怜，她抬头抚摸着脸部，疏淡而纤细的眉毛，浮肿的略显松弛的眼睑，精巧挺拔的鼻梁以及柔软的失血的双唇。这是何苦呢？简少芬突然又哽咽了一声，她伸出食指在镜子上划了一个叉，不知什么时候开始，她对镜子里的脸有了一种怨恨的情绪。

下午顾雅仙又来敲门，简少芬犹豫了一会儿，终于在姐姐的侧目而视下去开了门，听敲门声就知道是谁来了。

我腿都站酸了。顾雅仙总是这种容光焕发的高兴样子，她朝简少芬挤了挤眼睛说，你们姐妹俩呆在楼上，难道也有什么好事做？

不知道是你。简少芬听那话刺耳，脸色就有点难看。

好了，我这张臭嘴该打。顾雅仙伸手在简少芬脸上捏了一下，她说，别生气，我闹着玩呢。我是给你送戏票来的。

什么戏票？简少芬蒙在鼓里。

新丰戏院的越剧票，都是名角。我好不容易弄了两张票，晚上我在戏院等你。顾雅仙说着就把一张戏票往简少芬手里塞，是我请你看，晚上七点钟，我们不见不散。

我不怎么爱看越剧，你还是请别人吧。简少芬推诿着，她捏住戏票觉得有点手足无措，你知道我晚上是不出门的。

别客气了,我成天听见你们楼上收音机响，尽是才子佳人的绍兴戏。顾雅仙脸上露出某种暧昧的笑容，她抓住简少芬的手摇了摇说，就是要请你去看。本来我们可以结伴的，但我还要到女儿家绕一趟，你就自己去吧，反正你这么大个人，也不怕谁把你拐跑。

简少芬不再作无益的申辩，她想了想什么就把戏票收进了丝绒钱包里。演的是哪出戏?她突然轻声问，是《碧玉簪》还是《楼台会》?

反正是出好戏。去了就知道了。顾雅仙抿嘴一笑。

晚上简少芬往拎包里塞卫生纸和手帕时注意到姐姐冷冷的目光,但简少贞没有开口探问。姐妹俩每次争执后都有这么一段僵持阶段，少则一二天，多则一个礼拜。这次是简少芬首先打破了沉闷的气氛，她拎起布包对姐姐说，顾雅仙约我去看戏，我去了，药在炉子上煎着。

姐姐拧着脸没有搭腔，简少芬走到楼梯上，听见背后传来姐姐咬牙切齿的声音，你的魂让顾雅仙勾跑了，还管我的煎药？

简少芬提前一刻钟到了新丰戏院，她依稀记得还是小时候跟母亲来这儿看过戏，一晃几十年过去了，她站在戏院的门厅里等顾雅仙，直到开场的铃声响了,仍然不见顾雅仙的人影。简少芬疑疑惑惑地走进去,找到座位刚坐下来，突然看见那个章老师也正朝这边挤，章老师的手里抓着两瓶汽水。

这时候戏院的灯光恰巧暗下来，黑暗掩饰了简少芬尴尬的表情，她看见章老师在旁边笨拙地坐下，章老师穿着件洗旧了的白衬衫，简少芬闻到一股男人的淡淡的汗味，她悄悄地朝下看了看,章老师的脚上仍然穿着那双解放鞋。

我以为是雅仙呢。简少芬的脸有点发烫，身体下意识地往边上挪了挪。

喝汽水，天够热的。章老师递过来一瓶汽水。

不渴，才在家里喝过水的。简少芬推了推

汽水瓶子说，你自己喝吧。

我也不渴。汽水是为你买的，既然你不喝就放一边吧。章老师自嘲地笑了笑，把两只汽水瓶子往座位下一塞。

事情已经很清楚，是顾雅仙擅自安排了这次约会。简少芬看着紫红色的帷幕渐渐拉开，舞台上红男绿女渐渐热闹起来，她的思绪却是乱纷纷的，有一个模糊而尖锐的声音来自看不见的地方，它在命令她离开此地，但简少芬发现她的身体不能履行这道命令，她无法起身离去。她努力地去关注戏台上的男女卿卿我我的剧情，看见那个小姐用一块绿丝帕半掩红唇，悲悲切切诉说衷情，简少芬的眼圈莫名其妙地红起来，眼泪也就挂到了面颊上。

这种戏就是骗女同志的眼泪的，女同志一般都心软。章老师在一边轻声说，我到现在也没看出个名堂来，不知道台上到底是怎么啦。

我也不知道是怎么了，我一看这种戏就要哭。简少芬从布包里掏出手绢擦着眼睛，突然想起什么，她说，不知道会演到几点，我怕到时赶不上末班公共汽车。

没关系，我用自行车驮你回去。章老师说。

那不行，到时再说吧。简少芬说着又把视线转向舞台，她听见自己的心跳声很响很急，整个夜晚这种六神无主的感觉伴随着她。幕间休息的时候灯光又亮起来，简少芬看见前排有人回头朝这里望，心里突然有点害怕，她在膝上卷弄着那只布包说，不早了，我想回家了。

才演了一半呀，章老师诧异地望了望简少芬的脸，他说，我知道你出来一趟不容易，既然来了就看完吧，不管多晚我都要送你回家，这也是顾大姐吩咐的。

那就看完吧。简少芬犹犹豫豫地说，我就是有点担心我姐姐，她一个人在家。

这有什么可担心的？章老师笑起来说，她也不是什么小孩子，再说，你也应该有你的自由，你姐姐不应该限制你的自由。

我们家的事别人是不懂的。简少芬沉默了一会说。后来直到散戏她没再说一句话。章老师对此很惶惑，他不知道是哪句话刺伤了她。

散戏后果然没有公共汽车了，简少芬不肯坐章老师的自行车。章老师只好推着车跟在她后面走。两个人在夜晚空寂的大街上忽快忽慢地走，只听见两只未开封的汽水瓶子叮叮咚咚地碰撞着，两瓶汽水现在挂到了章老师的自行车龙头上。快到香椿树街口时，简少芬问了章老师几个问题，都是实质性的问题，章老师反而舒了一口气。

你妻子哪年过世的？简少芬问。

前年，是出的车祸，章老师说。

你孩子今年几岁了？简少芬又问。

都上高中了,孩子平时跟着他外公外婆过。

可怜，简少芬叹了一口气，然后在一盏路灯下站住了，她用手指抠着木质电杆说，看来你也是个可怜人。

不出所料，顾雅仙隔天就来探问简少芬对章老师的看法，她们就在楼梯下面谈话，为的是避开简少贞警觉的耳朵。简少芬的眼神是躲躲闪闪的，说话也总是绕开正题，这使顾雅仙有点气恼，顾雅仙拍着大腿说，我拿你这样的人真是没办法，你既然不表态就算了吧，就当我这一片热心肠是狗屎，就当我是狗捉老鼠多管闲事吧。

简少芬被顾雅仙激将了一番，终于吐出了实话。简少芬低下头慢吞吞地说，他人挺好，也挺老实的。

那不就行了？顾雅仙笑起来，压低了嗓音说，那就选日子再见一次面？

不要见了。简少芬的表情倏忽变得很痛苦，她说，我已经这样过了大半辈子了，就这样凑合下去吧。

不行，你能过下去我还看不下去。顾雅仙激愤地摇着头，她朝楼梯上瞟了一眼，少芬，你怎么这样傻？你就甘心一辈子做她的使唤丫头？她愿意受苦不说她了，可她凭什么拽着你一起受这份苦？

你们都误会了。简少芬的眼睛里已经沁出泪影，她扭过身子朝楼梯上迈了一步，仍然是低声地说，我也不光为了我姐姐，主要是我自己害怕，我从小就害怕男人。

少芬你错了。顾雅仙又暧昧地笑起来，她说，我还就觉得男人最好弄，男人一点不用怕，男人都觉得女人可怕呢。

简少芬往楼梯上跨第二步的时候衣角被顾雅仙抓住了，顾雅仙朝她专注地看了一会儿说，礼拜天在群众公园再见次面，好不好？简少芬站在楼梯上发怔，一只手下意识地护住被拽的衣角，最后她给顾雅仙丢下至关重要的一句话，那就再见一次面吧。而顾雅仙当时就预感到这回的媒人又做成功了，她很惊喜，尽管她已经无数次地充当过这个角色。

梅雨季好像快要过去了，雨水一天天地稀落，阳光则一天天地强硬起来。窗外的蝉声从早晨聒噪到夜晚，使凝滞的空气陡增了一份炎热，也使窗内的人陡增了一份烦闷的心情。到太阳落山的时候打开临街的楼窗，可以看见香椿树街头已经出现了乘凉的人群和形形色色的卧具。

酱园的楼上闷热无比，从天井的那些旧酱缸里孳生的蚊子穿过残破的窗纱，绕着白炽灯泡混乱地飞旋着，简少芬只好早早地就点燃起蚊香，就在点燃蚊香的一刹那间，简少芬鼓起了非凡的勇气，将一个艰难的话题向姐姐和盘托出。

简少贞起初没有说话，她的眼睛像细针一样盯紧了妹妹的脸，忽而闪亮，忽而又黯淡下去。她一直在听，等到妹妹终于说不下去了，她拧过身子，对着窗外发出了一声冷笑。

这么说是二婚头，你要做他的填房？

他人好，又老实又有文化，我就图这些。

这么个人你也要嫁？

他人好。简少芬几乎要哭出来，她嗫嚅着说，再说我也没有资格去挑挑拣拣了。

你就这么着急要嫁人？

什么叫着急？你说这话就昧了良心了。简少芬突然呜呜地哭起来，她跪在地板上，用手拍打着地板，边哭边说，我四十几岁的人了，你还说我着急，你怎么还说我着急？我要着急早就嫁了，何苦陪着你过这种没滋没味的日子？

那你就去嫁吧，我不要你陪，我从来没让你陪。简少贞从藤椅上站起来，她的嘴唇哆嗦着，双手径直伸过来抓住简少芬的手臂。现在就去嫁，现在就从简家滚出去吧。简少贞架住妹妹把她朝外面推，她说，现在就滚出去，去跟你的男人过吧。

简家姐妹就这样扭在一起，两个人的脸同样地苍白失血，同样地充满绝望和悲怆之色。酱园陈旧开裂的楼板因此颤索不止，板壁上简老板夫妇的遗照砰地坠落在地。简少芬这时候用力推了姐姐一把，看着她跌坐在床上。然后她掠了掠被汗水湿透的短发，走过去捡起了像框，像框玻璃上出现了一道裂缝，简少芬把像框重新挂好，这时候她又哽咽了一声，她说，你这样反而让我铁了心了。

简少贞坐在床上沉重地喘着气，眼睛里也噙满了泪。她从枕边摸出一个药瓶，连续吞咽下三颗药片。简少贞一边干呕着一边开始咒骂顾雅仙。简少贞说，这个搅家精，我让她不得好死。

你用不着赶我走，到时候我自己会走的。简少芬又说。她用丝帕蒙住脸走到窗前，看着下面黑黝黝的天井，那棵石榴树在夏季枝繁叶茂，像一把巨大的黑伞罩住了酱缸、草蔓和其他杂物。从酱缸里飞出的萤火虫在天井里萦回低旋，简少芬看见了那道微弱的蓝光在夜色中掠过，一切都应和了她此时此刻凄清的心境。

这天已经调离酱园的孙汉周又回到了旧地，他还是那副油头粉面轻轻松松的样子，倚着柜台和女店员们瞎聊了半个上午，惹得她们时而哄笑时而叱骂。孙汉周走的时候把黑包忘在了柜台上，是杭素玉追出去把黑包给他的。粟美仙因此发现了孙与杭重续旧情的蛛丝马迹。她觉得这样的小诡计是根本瞒不过她眼睛的。在杭素玉离柜的短短一分钟内，粟美仙与顾雅仙迅速地交换了狡黠的眼神，她将耳朵贴在临街的窗上尽量偷听，希望能听清一点实质性的内容。

在约地方鬼混呢，这个骚货。粟美仙朝顾雅仙眨眼睛。

你想捉奸吗？顾雅仙哂笑着说，真要约地方，你怎么听得见呢？

肯定是在仓库里。以前我在仓库里发现好多卫生纸，都是用过的脏纸。粟美仙说这句话时表情很暧昧。

仓库倒是个偷鸡摸狗的好地方。顾雅仙仍然嘻嘻地笑着，她抬头朝楼板顶棚瞥了一眼说，你要是从楼上简家绕到天井里，捉起奸来就更方便了。

我今天倒要试试，我就不信抓不到那骚货的把柄。粟美仙咬牙切齿地说。

这天夜里很闷热，简少芬刚洗完澡，正在洗衣服的时候听见了那阵轻轻的敲门声，她以为是顾雅仙又来了，下楼开门一看却是粟美仙。

少芬，我有样东西掉在你家天井里了，让我进去拿一下。粟美仙说着就径直走了进来，她的手里捏了只手电筒。

简少芬觉得粟美仙的神色很怪，她就跟在

后面往夹弄走。通往天井的门开在夹弄里，平时是锁着的。简少芬打开了锁，疑惑地问，是什么东西？怎么会掉天井里呢？粟美仙这时候抿嘴一笑，她压低嗓门说，跟我来，有好戏看了。简少芬还是疑惑不解，她说，到底怎么回事？你把我弄糊涂了。粟美仙嘘了一声，示意她不要说话，然后她拉着简少芬的手，蹑足往天井里走。粟美仙很轻易地推开了平日封死的那道门，进入酱园黑漆漆的店堂，小心，千万别出声。粟美仙附在简少芬耳边轻声叮嘱，她拉紧了简少芬的手走到仓库的门前，自己先蹲下来，扒在锁眼上朝仓库里望。简少芬听见了粟美仙喉咙里压抑的笑声，紧接着她的头部也被粟美仙朝锁眼上按。你来看看里面是什么好戏？

起初简少芬只看见仓库里发黄的灯光和一些装满瓶罐的木条箱，当她终于看清楚地上的两个人时不由得发出了一声惊叫。简少芬从来没有见过这样的场景，她的第一个反应就是逃离现场。她跌跌撞撞地奔出酱园的店堂，一路踢翻了地上的几只玻璃瓶了，发出乒乒乓乓的巨响。

少芬，你别走，你是证人哪！粟美仙在后面喊了一声。

简少芬满脸臊热，她跑到院子里，听见酱园里已经响起最初的嘈杂声，好像是粟美仙和杭素玉隔着门在互相谩骂，其中还夹杂着一个男人沙哑的嗓音。简少芬看见姐姐也下了楼，姐姐站在天井里听了一会儿，走过去把通往酱园店堂的大门砰地关上，然后在门上别好了插销。

恶心。简少贞朝地上啐了一口，她说，通奸的和捉奸的都不是好货。

第二天粟美仙捉奸成功的消息就在香椿树街不胫而走，到酱园来买东西的妇女特别多，她们在柜台上没有看见杭素玉的人影，有人问顾雅仙，杭素玉呢？顾雅仙含笑答道，休病假啦。粟美仙在柜台里显得神采奕奕，当有人询问捉奸过程时，她便不厌其烦地重复一句话，从锁孔里看见的，楼上简少芬也看见的。

谁也没有预料到这件事情后来导致了闻名

一时的香椿树街凶杀案发生。几天后香椿树街的居民听到了一个耸人听闻的消息，街西的老宋用一把菜刀砍死了妻子杭素玉，然后就把血淋淋的菜刀夹在自行车的后架上，骑车去了城东的煤球店，在那里老宋当着好多人的面砍了孙汉周五刀，最后他把菜刀扔到煤堆上，对旁边惊呆的目击者说，我马上去公安局自首。如果你们谁家的女人也偷汉子，赶快告诉我，我顺便也砍了她们。

杭素玉死后顾雅仙去吊了唁，原来粟美仙也跟着去的，但她刚刚走进灵堂就被人推了出去，死者的姐姐跺着脚对她喊，都是你搅出来的事，你还有脸来吊唁？粟美仙脸上很难堪，她在门口站了一会儿，后来就挟着一条被面离开了。留下的顾雅仙在灵堂里哭了很久，她掀起死者脸上的白布，发现杭素玉的遗容经过化妆后更显风韵，只是眉宇之间仍然留存着怨恨的神色。

那种事情谁都会沾点边，有什么大不了的？顾雅仙诚恳地对死者亲属说，怪只怪素玉命苦，嫁了这么个禽兽不如的男人。顾雅仙后来又回忆了多年前的往事，她说，当初素玉要嫁老宋时我就劝过她，她没肯听我的话，现在想想真可怜，素玉这条命也送在他手上了。

这个夏天香椿树街的居民在街头纳凉时经常谈起杭素玉之死的话题。他们普遍认为粟美仙是一个间接杀手，当粟美仙下班时总是有人在背后指指戳戳，而杭素玉娘家的亲戚对粟美仙都是横眉竖目的，他们骂她是个害人精。

在对凶杀案进行常规性调查时，酱园楼上的简少芬曾被传到居民委员会质询。简少芬面色惨白，坐在椅子上不停地打战，她只是一味地说，我不知道，我没看见，我什么也没看见。

到了秋风初起的九月，简少芬终于和小学校的鳏夫章老师结婚了。事情是在相对保密的状态下进行的，因为简少芬不想让更多的人知道。顾雅仙自然而然成为新娘的女傧相，在喜庆日子里陪伴左右，婚宴上多为章老师的亲戚，他们对婚礼冷淡拘谨的气氛早有思想准备，所以当新娘后来躲在饭店卫生间长时间哭泣时，并没有人进去劝阻她。

第二天顾雅仙在酱园向某些人散发了喜糖。据顾雅仙描述，简少芬那天化了淡妆，穿了红色的呢裙，看上去并不显得太老，只是眼泡因为长久哭泣而浮肿着。顾雅仙又说起章老师的那个上了中学的儿子，她说，那孩子犟头犟脑的，大家都让他喊妈，偏偏他就不肯喊，最后拗不过了，就板着脸喊了声阿姨。

楼上的足不出户的简少贞就是这时候走进酱园的，简少贞穿着黑衣黑裤，脑后的发髻上插着一朵白绒花，是一副守丧打扮，她手里抓着一把剪刀悄悄地站在门口，以一种睥睨的目光盯着顾雅仙不停翻动的嘴唇，顾雅仙猛然刹住了话闸，她抬起头吃惊地望着简少贞，那个老女人苍白的扭曲的脸使她感到心悸。

搅家精，烂舌头。简少贞扶着柜台慢慢挪过来，她朝顾雅仙挥舞着那把剪刀，我要剪了你的烂舌头。

边上的人把顾雅仙推进了里面的仓库，顾

雅仙躲在仓库里尖声叫骂，这个神经病的老 ×，我看她真是发疯了，她妹妹要嫁男人怪我什么事？我是好心，好心真是没好报。

围观者都看见了简少贞手里的那把剪刀，但谁也没有想到它就是死去的杭素玉用过的那把剪刀。他们听见简少贞又恶狠狠地嘟囔了几句，然后她深深地叹了口气，蹒跚地走出了酱园的店堂。围观者目睹那个苍老的背影离去，不由得议论纷纷，他们觉得简少贞的神经真的是出了毛病，也许是她老糊涂了，也许是被气出来的。

从此后简少贞几乎天天重复她的古怪乖张的行动，她总是在正午时分悄悄地来到酱园，身上穿戴着黑白两色的丧服，手里抓着那把半新半旧的剪刀。她盯着顾雅仙的两片嘴唇，只要顾雅仙开口说话，简少贞就会嘟嘟囔囔，搅家精，烂舌头，我要剪了你的烂舌头。顾雅仙后来对此习惯了，也就熟视无睹。有时候她对人说，她有神经病，我理她干什么？有时候想想又很怨恨，说，我真是倒大霉了，好心撮合了一门婚事，十八只蹄髈没有吃过，反而结下了这个倒霉的冤家。

简少芬婚后回来过几趟，每次都被姐姐骂出了家门，她带来的水果被姐姐一只一只地扔到大街上。有一次她和章老师一起回来，刚走上楼梯，简少贞就开始往楼梯上砸东西，先是脸盆凳子之类的，后来是垃圾，最后是一只马桶滚了下来，粪水溅了夫妻俩一身。简少芬站在门口哭起来，她抽泣着对章老师说，这下我死心了，我再也不回来了，除非哪天来给她收尸。

简少芬没有想到她一谶成真，冬天她重回香椿树街果然是来给姐姐收尸的。说起来及时发现简少贞死讯的还是顾雅仙。冬至那天简少贞没有下楼对顾雅仙履行常规的威胁性行为，简少贞没有来酱园，顾雅仙竟然有点心神不定，她对粟美仙开玩笑说，老东西今天怎么不来？会不会翘辫子了，那样我就省心了。顾雅仙说完朝头顶上的楼板扫了一眼，楼上好像是一片死寂，她看见楼板上糊的旧报纸颜色有些怪，有一块是红色的，椭圆形的，而且它在隐隐地放大，颜色也越变越深。不好了，楼上真的出事了。顾雅仙带一群人闯进陌生的简家，他们在楼梯上就闻到了一股酸酸的血腥味。

简少贞作为闻名香椿树街的怪人，她选择的死亡方式也是奇怪的出人意料的。简少贞用无数绣花针扎破了她的动脉血管，她就这样坐在绣花棚架边，坐在一张已被磨出白光的红木椅上等待血液流光，直至安静地死去。

匆匆赶来的简少芬把姐姐冰凉的身体搬到了床上，从她眼睛里已经看不到昔日的泪光。简少芬后来用手绢蘸上水，一遍一遍擦拭衣服上的血迹，顾雅仙也在旁边帮她的忙。顾雅仙猛然听见简少芬说了一句不堪入耳的话，她说，这个神经病的老 ×，死也不肯好好地死去，死了还要拖累别人。这句话听起来非常熟悉，但顾雅仙不相信它出自简少芬之口，顾雅仙不相信短短半年之内，简少芬竟然起了如此惊人的变化。

酱园楼上的简氏姐妹其实都是颇有名气的

刺绣艺人，现在姐姐简少贞已经故世了，妹妹简少芬仍然活着。简少贞的最后一幅绣品没有完成，而且当时就已经被损坏。那是绣品中比较罕见的人像，绣的是一个女人脸部，模样酷似楼下酱园的店主任顾雅仙。被损坏的部位主要在女人的两片粉红色的嘴唇上，据简少芬回忆，她最初见到那幅人像绣品时，有一把剪刀插在女人的嘴上，丝绢上因此出现了一个无可挽回的伤口。

群众来信

——曾千美在医院里

第一天

男医生向病床弯下腰，白大褂发出沙沙的响声，他竖起一根手指，摆在千美的眼前左右晃动。女医生在一边帮腔说，看得见吗？这是几？千美盯着男医生的那根手指，那根食指，一个陌生男人白皙细长的手指，看上去干净，其实什么都碰，什么都沾，其实是最脏的手指，谁要看你？千美叹了一口气，她转过脸看着墙壁，顺手拉过被子，盖住了裸露的肩膀。松满隔着被子，用手捅了捅千美，说，医生问你话呢，那是几？松满的手惹恼了千美的脚，千美的脚在被子下面蹬了一下，又蹬了一下，你捅什么？我看得见，我又不是瞎子。她对着墙壁说，我没什么大不了的病，是给他们气的！谁？男医生和蔼地笑着，他用目光询问着松满，她是给谁气成这样？松满摇了摇头，还抠了抠鼻孔。是邻居，松满说，邻居。邻里纠纷。女医生在一边冷笑，现在的病人真奇怪，她说，自己都会给自己看病，还要我们医生干什么？上医院来干什么？这时候千美猛地回过头来，她的灰暗的眼睛里突然冒出一朵愤怒的火花，这火花在女医生的脸上燃烧了一会儿，然后熄灭了。她宽恕了女医生，或许是不想得罪女医生。千美看着天花板，她的嘴唇嚅动着，病床边的三个人因此都在等待她说话，可是最终病人只是向天花板翻了个白眼，又闭上了眼睛。

她让邻居家的人打了。松满说。他家一个儿子一个女儿，一个用擀面杖，一个用扫帚，追着她打。她逃回家，上了趟厕所，便血，便了血就躺在床上，就起不来了。无法无天！这次女医生先叫了起来，她睁大了受惊的眼睛，这不是无法无天了吗？两个年轻人打一个老年人！你们没把他们送到公安局去？松满又摇了摇头，两个医生能从他的表情中发现某种难言之隐。男医生看了看女医生，责怪她对病人的私生活表现出了不恰当的热情。男医生勾勾食指示意松满出来，松满就尾随他们来到了走廊上。在走廊上松满得到了那个不幸的消息。医生说千美不止是胃溃疡的问题，她得的是癌症。男医生用形象的语言描述千美的胃部，他说她的胃部长了一个像鸡蛋一样的肿瘤，原来她没有察觉，是因为鸡蛋的表面很光滑，但现在鸡蛋壳破了，里面的蛋清蛋黄就流出来了，蔓延开来了。癌症。松满的头脑嗡的一响，他觉得那个狰狞的字眼就像一只蚊子钻进他的头脑，开始嗡嗡地飞旋。松满目送两个医生消失在走廊尽头，他看见一个老妇人端着一只便盆从隔壁病房出来，笑逐颜开地冲进厕所里。老妇人说，这下好了，好了，拉出来了，我说的，人只要吃得下拉得出就行，就不怕了！松满来不及思考那个老妇人说的道理，他在想医生所描述的那个鸡蛋。那个破了壳的鸡蛋。本来很光滑的，没有事情，为什么一下子就破了呢？松满认定这个不幸与邻居萧家有关，千美本来揣着一个光滑的鸡蛋，一气之下那个鸡蛋壳就破了。松满站在走廊上怒火中烧，他知道这一切与千美的两封举报信有关，他想千美喜欢举报是不好，可这是她的老习惯，他们怎么可以打她？是他们把那个鸡蛋打破了！松满站在走廊上咬牙切齿，隐隐地听见千美在里面喊他的名字，松满说等一下。松满记得医生的嘱咐，不能让病人知道自己得的是什么病，不能让病人看出家属的痛苦。我去上趟厕所！松满这么高声说了一句就往楼外跑。他在外面的公用电话亭给女儿眉君打了个电话。松满用医生的话向女儿复述那个可怕的鸡蛋，眉君当场在电话里哭起来了。过了一会儿，松满听见女儿在电话里擤了一下鼻涕，然后眉君说，是他们把那个鸡蛋打破了。松满预料到女儿在这个问题上的看法与他是一致的。对，是他们把那个鸡蛋打破了。眉君说她不会放过萧家的儿子和女儿，等到做完手术把鸡蛋取出来，她一定要把它放在碗里送到萧家开的餐馆，让他们看看，让他们看看，他们对母亲的病要负什么样的责任！

千美的群众来信选（一）

工商局：我是香椿树街的一个居民。今来信主要是向你们反映一个严重的问题。一百四十三号的居民萧某某开的龙凤餐馆不讲卫生，乱倒垃圾，严重影响了附近的卫生，使苍蝇蚊子兹（滋）生，还招来了老鼠。更加严重的是他们的排气扇每天对着我家的窗子排出大量油烟，使我家不能开窗，眼看天气转热，我们家里已经热得像蒸笼了。不仅如此，我们每天被迫吸进大量危害健康的油烟，这种情况严重影响了我们的工作和生活。龙凤餐馆这种行为是不合法的，同时也侵害了我们邻居的利益，希望你们能派人来实地调查，对此事作出正确的处理，还附近居民--个清洁安静的环境。

香椿树街一百三十九号居民　曾千美

一九九三年六月六日

千美的群众来信选（二）

工商局：我是香椿树街的一个居民。上次来信向你们反映龙凤餐馆的问题，有了一定的结果，使我们群众心里感到安尉（慰）。现在龙凤餐馆的卫生情况有了进步，排气扇也移到了别的位置。但是最近他们在北面的墙上装了空调，空调每天排出大量热气，躁（噪）音很大，使附近居民无法午睡，仍然影响我们的工作和日常生活。希望你们能再来，解决这个新问题。

香椿树街一百三十九号居民　曾千美

一九九三年七月四日

第九天

眉君站着，她父亲坐着，坐在一张从家里带来的小折叠椅上。他们在手术室外面已经等了一个小时了。手术室门上的玻璃不是透明的，从那儿看不见什么，看不见手术的过程和任何细节。也听不见什么，除了大楼外面的漏雨管发出沙沙的排水声，他们什么也听不见。松满说，眉君你来坐，坐一会儿。我不坐。眉君仍然抱着双臂，看着贴在墙上的一张纸条，纸条上写了几个大字：手术重地，禁止喧哗。眉君说，喧哗？莫名其妙，谁有心思在这里喧哗？松满说，来呀，你来坐一会儿，我站站。眉君有点不耐烦，她说，坐个凳子又不是什么享受，烦什么？我没心思坐。松满说，他们说手术得慢慢等，有的手术要做五个小时。眉君说，不用你等，你回家睡觉。小孟说那东西拿出来后医生会把它放在盘子里。我带着塑料袋，我都计划好了。你去睡觉。松满说，我刚才到她床上躺了一会儿，睡不着，一颗心悬在那儿，怎么睡得着？眉君不再撵她父亲，她努力把耳朵贴在手术室的门上，想听听里面的动静，仍然什么也听不见。眉君突然干咳了一声，她说，那个东西取出来，我马上就送到萧家，我都计划好了。我说到做到。我不放过他们。松满说，你别赌这口气了，不可能给你的，医生肯定要留着，肯定要做化验什么的。眉君看了看腕上的手表，她的脸上有一种焦灼的神色。一个多小时了，她说，小孟说这种病手术时间越长越有希望，时间长说明医生在把它拿掉，要是没希望医生就不动它了。松满疑惑地看着眉君，不动它？让它留在里面？眉君说，医生都这么做，小孟说医生再原封不动地把刀口缝好，就不管了。松满站了起来，折叠凳子咯吱响了一下。不管了？松满有点冲动地说，那不是让人等死吗？你不懂医学，别瞎批评。眉君说，小孟说是免疫力抗体什么的，扩散了他们就不动了。我也不明白，你给人家开膛破肚，怎么能原封不动再缝上，什么都不管呢？拿掉多少是多少，总比一点不拿好呀。眉君躲避着父亲质询的目光，她转过脸看着昏暗的走廊。松满急促的呼吸逐渐和缓，他重新坐下去。已经一个多小时了。他说，医生一定在替她拿，拿那个，鸡蛋。我带了三个塑料袋，眉君说，我说到做到，我要把那东西送到萧家去，我让他们追着我妈打！我让他们用擀面杖打人！这种人，举报他们有屁用。为什么要去举报？早知道这样，不如让小孟带几个朋友，把他家的空调砸个稀巴烂！她喜欢举报。松满说，你不是不知道她的脾性。她跟萧家结怨也不是一天两天的事，以前她就检举过萧家老头偷听敌台的事，他们一家人都恨透了你妈。眉君想说什么，她身后手术室的门却打开了。眉君慌张地跳到一边，看着从里面出来的女医生。事情不像他们估计的那样，女医生手里没有任何东西，她正在熟练地把手上的橡皮手套摘下来。门外的父女俩用一种相仿的热切而惊恐的目光看着女医生的脸，看见的只是一副口罩和口罩上面的淡漠的眼睛。女医生说，张大夫在缝合刀口，病人马上就出来了。松满鼓起勇气问,那个,那个鸡蛋有没有——女医生知道他在问什么,她的回答显得非常简洁而干脆。没有拿。女医生说,拿了只能让她少活几天,已经蔓延到全身了。不动为好。你们做家属的,尽量让她快乐几天吧。先是眉君蹲下来呜呜地哭了,然后松满也把头抵着墙哭出了声音。眉君哭着,手伸到口袋里去掏手帕,掏出来一个塑料袋,她想到刚才还在讨论的那个计划,猛地把塑料袋扔在了地上,就像扔掉了一条蛇,眉君看着自己的手大声地痛哭起来。这种绝望的时刻,无边的悲伤使人方寸大乱,许多事情,比如向某个邻居兴师问罪之类的事,只能先搁在一边了。

第十天

千美醒来的时候窗外正下着雨。听雨声淅淅沥沥的,不像是夏天的阵雨,反而像是耐心的秋雨。窗外的电线上凝结着一排整齐晶莹的水珠,一只麻雀慌慌张张地飞来,站在电线上,看见千美，吓了一跳，又慌慌张张飞走了。千美眨巴着眼睛，她在判断那些丧失记忆的时间，很快地千美得到了结论。她喊了一声松满的名字，声音太微弱了，松满在看报，他没有听见。千美闻到了一股大蒜的味道，她知道松满正坐在她的床边。千美不再喊了，她努力地偏过头去看对面的病床，对面的病床是空的。千美的眼睛又开始眨巴，她的身子下意识地动了一下，这个动作给她带来了异乎寻常的痛楚。千美知道她不能动，身上到处都插着管子，她的身体现在酷似一袋板结失效的水泥。千美呻吟了一下，她的呻吟终于惊动了松满。松满扔下报纸扑了过来，你醒了？松满手足无措地看着妻子，又向门外张望，说，醒了，醒了该去叫医生。千美说，对面申阿姨呢？松满看了看对面的床，说，转病房了。不知道转到哪儿去了。千美审视着松满的表情，她好像从中发现了问题。骗人，千美的嘴角浮现出一丝洞察一切的微笑，说，癌症，能转到哪儿去？医生不让你说话。松满说，自己刚醒来就去管别人的闲事。我得去叫医生。

千美闭上眼睛，叹了一口气说，转到哪儿去，转到太平间去了吧？松满有点焦急，让你别说话你怎么不听呢？他说，我不跟你说闲话，我去叫医生。千美听见松满的脚步声一路匆匆地响过去，又睁开眼睛，盯着天花板思考着什么。可怜，申阿姨。千美说，一世人生，死在医院里。女医生进来时，千美装作睡着了。千美不喜欢面对她的那张严肃的自负的脸，或者说千美对女医生充满一种莫名的戒备。这种状况从第一次门诊就开始了。千美不信任何年轻的医生，尤其是年轻的女医生，千美很害怕自己成为这些年轻人锻炼学习的牺牲品。开刀的前夕，她让松满给姓张的男医生送了香烟和酒，怕的就是落到女医生手中。千美讨厌女医生问话的那种腔调，好像得了这么多病是自己惹出来的事，好像是自作自受，好像你是活该，这个女医生心肠硬，不仅心肠硬，医术也不会高明。千美就是这么想的，所以女医生来查房的时候她总是装睡。女医生问松满，她醒来了吧？松满说，醒了，又睡了，大概身子太虚了。女医生说，让她休息，少说话。千美听着他们的对话，心想说的是废话，不醒不就死了吗？还能躺这儿？这种医生，亏她还是个医生。手术台上下来要休息，少说话，这谁不知道？千美巴望女医生早点走。她心里说你要是想让我休息就早点走，别在这儿惹我心烦。女医生终于走了，女医生一走千美就睁开了眼睛。千美听见窗外的雨声大了，听见松满吃饭时嘴里发出的咀嚼的声音。千美很想知道女儿做了些什么菜给松满吃，她看不见他碗里的菜，所以她问，吃的什么菜？松满把碗端过来给她看了看，说，你饿了？你现在不能吃，什么也不能吃，给你挂的葡萄糖就是饭，里面各种营养都有了。千美皱了下眉头，意思是她并非嘴馋想吃，她知道不能吃饭。千美烦躁地咂着嘴，仔细倾听从自己肠胃深处发出的种种细微的声音。我嘴里很苦。千美说，我想吃糖。怪了，怎么想吃糖呢？你想吃糖？松满不无疑惑地问，糖？什么糖？我得去问医生啊，医生说什么都不能吃。松满去了一会儿，回来时咧着嘴笑。千美很不高兴，她说，不让吃就不吃，你咧着个嘴笑什么？松满还在笑，说女医生不让吃糖，男医生却允许，但他说只能吃棒糖。棒糖！松满说，就是小孩吃的那种棒糖啊！千美现在知道为什么松满会笑了。千美白了松满一眼，她说，这有什么好笑的？棒糖就棒糖，我嘴里苦呀，你知道不知道？松满到医院外面的小店铺买了两支棒糖，棒糖包装成熊猫的形状，松满一路将它们小心地举在手里，跑回病房，他向妻子摇着棒糖说，棒糖来了！千美的目光看上去欲拒还迎，她说，是熊猫的？以前的棒糖是西瓜的，还有金鱼的。松满说，只有这一种，你要想吃别的让眉君带几颗过来。千美说，不用，小孩子吃的东西，都是一个味道，就吃这种吧。松满在剥糖纸的时候，再次注意到妻子那种渴望的热切的眼神，千美想掩饰她对棒糖的渴望，但她的嘴掩饰不了这种渴望，松满刚刚把棒糖送向她的嘴边，千美的嘴就默契地张大了，松满能感觉到棒糖被咬住的由强渐弱的整个过程。饥饿的鱼在水中咬钩也是这样有力而准确的，松满想说，你像鱼在咬钩呢。

他很想这么说，但还是忍着不说这种话，他知道千美不喜欢针对她的任何玩笑。松满以前从来没有想到他们的夫妻生活中会出现这一幕：他喂妻子吃棒糖。他觉得这种情景有点滑稽，但是松满不让自己往滑稽的方面想，这不是什么滑稽的事情，他对自己说，这不滑稽，千美很可怜，五十多岁的人，不能吃别的，只能吃棒糖，说明千美很可怜。窗外的雨渐渐地小了，风从几棵玉兰树之间吹进病房，带来一丝湿润的凉意，而空气中那种不知名的药水气味也更加浓重了。松满一动不动地坐在千美的床边，喂她吃棒糖，松满很有耐心地等待千美的每一次吮吸，再等待她的或长或短的品味的时间。甜不甜？松满问道，他知道妻子不愿回答这个问题。千美在品味棒糖的甜味时眼神游移不定，松满猜不出她在想什么，所以他又问了，甜不甜？千美还是不说话，松满觉得这时候妻子很像一个初生的婴儿，而他就像一个哺乳的母亲，这种联想就像给你挠痒痒，松满终于忍不住地笑了。松满知道自己不该笑，他等着妻了的谴责，可是千美这次没有听见他的不敬的笑声。千美突然问，这棒糖多少钱一颗？松满说，两毛钱，问这干什么？松满猜到棒糖的价格是千美回忆某件事情的前奏，果然千美就说了，以前我在糖果店时是两分钱一颗。松满知道谈到糖果店千美的回忆将变得冗长而琐碎，果然千美就说了——一九六〇年困难时期，棒糖都很紧张，他们都偷偷地在店里拿棒糖吃，我一颗也没拿。千美一说话，松满就只好把棒糖放在手里，转动着，听千美说话。千美说，孙汉周还是店主任呢，他当班的时候，把一罐棒糖全卖给了他侄子。我一上班看见罐子里是空的，就问他，他说都卖完了。我说，你怎么一下子就卖完了呢？他还狡辩，说棒糖不是计划食品，怎么卖都行。气得我！我也不跟他说那个道理，当天一封信就写到领导那里反映情况。松满摇了摇头。你别说话了，医生不让你说话。松满听到千美提及写信反映的事情就下意识地摇头，他把棒糖送到千美嘴边，说，少说话，再吃几口。领导找过孙汉周，只不过给他面子，没处理他罢了。千美说，那时候的领导是最重视群众来信的，不像现在，官僚主义那么严重，你写多少信反映多少问题，他们都不感兴趣。松满执著地将棒糖放在妻子的嘴边，说，少说话，还能吃几口。千美嘶哑而疲乏的声音突然有点亢奋，她说，现在不像话，我上次到信访办公室去查，看见我写的三封信都没拆，躺在架子上睡大觉啊。三封信，他们一封都没拆，还说工作忙，来不及，骗人的鬼话！松满有点生气了，他猛地把手里的棒糖收回来，你到底是想吃棒糖还是想说话？松满说，医生允许你吃棒糖，没允许你说这么多话，你知道不知道？千美看了松满一眼，看得出松满一旦生气了，千美是有所顾忌的。千美不再说话，她又在棒糖的边缘吸了一口，盯着松满看。松满被她看得不自在了，他说，不是不让你说话，说话费精神知道吗？你现在刚刚动完手术，不能说话。千美看着他的手和手里的棒糖，忽然一笑说，做了几十年夫妻，你还是头一次喂我，喂我棒棒糖！躺在病床上，没想到能修来这个福气。

第十五天

傍晚眉君来了。眉君身后跟着一个穿戴时髦的女人，手里捧着一束鲜花。眉君进来时候就说，胡阿姨来看你了。千美却始终不知道是哪个胡阿姨。等到走近了，千美差点叫出声，原来是以前糖果店的同事胡文珠。千美认不出她是有道理的，胡文珠化了浓妆，烫了头发，以前略嫌瘦弱的身材现在看上去风采照人。千美的目光直直地看着她，寒暄过后，千美说，文珠，要是走在街上，我肯定认不出你来，你哪像是五十多岁的人，你是怎么——你是吃了长生不老药？胡文珠无疑是那种容易被表扬冲昏头脑的人，她捂着嘴格格地笑着，说几句就笑几声，后来她意识到探望病人不该是这么快活的，就拍着大腿，大发感慨地说，千美呀，我们有十多年没见面了吧？我还记得临走那天下雨，你拿了把雨伞追出来给我，我一直记得呢，一晃就是十年过去了。十三年了。千美沉吟一下说出了一个准确的数字。好像是突然想到一个有趣的问题，千美眼睛一亮，很自然地问起胡文珠的个人生活，你跟那个广东人，后来有没有再生个孩子？胡文珠又笑。她一笑千美就知道这个话题有意思了。千美就追着问，有没有生，有没有？胡文珠终于止住笑说，生什么呵？我跟老黄时已经四十多了。千美说，怎么不能生？你没看电视上报道的，有人六十岁还生产呢。胡文珠说，我跟他生？生个屁。千美从胡文珠的脸色变化中，再次敏锐地发现了什么。她说，怎么啦，我看那个老黄人不错的。你们虽说是半路夫妻，生个孩子也是天经地义的。胡文珠说，还不错呢，他就不能算人。胡文珠明显不愿将话题停留在那个老黄身上。我跟老黄早散了。胡文珠突然附在千美耳边，压低声音，我找了个台湾的老头。她说着又扑哧一笑，声音忍不住又提高了，年纪大一点，可是人是真好，我图什么？图个人好，有吃有穿就行了！又结婚了？千美吃惊地张大嘴，她用眼睛瞟了瞟松满。她想看看松满听见胡文珠的话有什么反应，可是松满倚在床上打起了瞌睡。千美又看了眼眉君，眉君的反应竟然是淡淡一笑。她问胡文珠，是台湾老兵吧？胡文珠说，以前是当兵，不过陈先生后来一直做塑料生意，生意不大，有两间工厂——咳，我才不管他的生意呢，有吃有穿就行了。谈到老兵工厂什么的千美有点插不上嘴，千美眨巴着眼睛，突然想起胡文珠年轻时候美丽活泼的样子，站在糖果店的柜台里，也是这样有一搭没一搭地跟人说话，什么话都跟人说，说什么都会引她发笑。千美想这个女人也奇怪，风风雨雨地过了这么多年，还是这个傻脾气。千美看见胡文珠从提包里拿出一个塑料袋，袋子里装了一捧新鲜的荔枝。胡文珠说，这么点东西，拿不出手，你尝个鲜吧。说着她就剥了一颗荔枝，送到千美的嘴边。千美第一次品尝到了那种南方水果特有的清甜的滋味。千美突然想到了一件事，她的目光开始躲避对方。千美说，文珠，你好脾气，你是大人不记小人过啊。胡文珠又笑，说，什么大人小人的，你在说什么呢？胡文珠格格笑了几声，笑声很突兀地咽下去了，她的眼神显示出她也想起了某件往事。胡文珠手里抓着荔枝的核儿，沉默了一会儿，她挥挥手，嗨，别提那件事情了，现在想想有什么呀，谁稀罕入那个团？是我不好。千美说，你把我当朋友看，才把你们家的那些事情告诉我，出身不好不代表你思想就不好，我不该把你的秘密汇报上去的。好了，别提这事了。胡文珠说，现在说这些觉得怪好笑的。我记得我答应你不把这事情说出去的，我答应的，可我还是写了汇报。千美叹了口气说，如果我不是团小组长，说不定会替你保守秘密的。什么秘密呀。胡文珠仍然笑着，不就是姨太太生的吗？现在你出去说，我是姨太太生的，人家不仅不会看不起你，还会更加敬重你。知道吗，那说明你们家以前是大户，是有钱人！千美也扑哧一下笑了，她说，文珠，你这个人就是心胸宽，要不你也不会这么年轻，气色这么好。不像我，我这人劳碌命，责任心还特别强，也不知道为什么，天生是眼里容不得沙子，事事认真，结果是害了自己。你看我老成什么样了？还得了一身的病！这回进了医院，闹不好就走不出去了。我的身体也不好，老是头疼。胡文珠说，还有失眠，夜里整夜睡不好。你那是富贵病，闲出来的病。千美的嘴边掠过一丝讥讽的微笑，她说，你跟我不一样，我是劳碌命，你天生是当太太的命。千美这时候闭上了眼睛，也许是说话太多疲倦了，也许只是暗示胡文珠探访应该告一段落。胡文珠告辞了。眉君礼貌地把她送到外面，回来时听见病床上的母亲正在大发感慨，现在看出来胡文珠真是个好人。千美说，我提过她那么多意见，人家还来看我。松满说，就是，你提过她不少意见，现在觉得不应该了吧？有的现在想想是不应该。千美迟疑着说，有的意见还是应该提的，我实事求是，对的就是对的，错的就是错的。松满向眉君挤了挤眼睛，父女俩都不说话。人跟人是不能比。千美说，她还搽香水呢，我不喜欢她搽的香水，难闻死了，你们把窗子打开，把窗子打开吧。

千美的群众来信选（三）

饮服公司团支部：我店职工胡文珠最近向组织递交了入团申请报告。关于这位同志在我店的政治表现、工作表现汇报如下：一、政治表现：积极要求上进，平时也能够注意学习提高自己的思想觉悟，政治学习时候能积极发言，并为人家读报。但有时有不健康的思想流露，比如有一次她说美国鬼子长得比苏联老大哥英俊。二、工作表现：能够为人民服务，对待顾客态度较好，上下班准时，还自备针线包，为顾客提供方便。但有时把个人感情带到工作中，比如她外婆去世那天她在柜台上号啕大哭，在顾客中造成了不良影响。三、关于胡文珠同志在填写入团申请书中的隐瞒欺骗组织的行为。该同志的家庭出身不是工人，而是工商资本家。该同志的母亲解放前是资本家的姨太太，并非纱厂的童工。希望组织对这一问题调查研究，并对胡文珠同志的行为提出批评教育。

新风糖果店共青团员　曾千美

一九五九年九月十九日

第十八天

八月的天气反复无常，日历上说已经立秋，秋意却充满戒备地躲着人。医院和外面健康的世界一样闷热难耐。病房里的吊扇吹不去郁积的热气，苦了千美，她的额头甚至脚上都长了痱子。松满买来了一瓶花露水，要给千美涂，挨了千美一通抢白。千美说，你要疼死我？去，去把花露水退掉，换痱子粉。松满说，没有大人用的痱子粉，只有儿童痱子粉。千美说，痱子粉就是孩子用的，孩子用的东西没有刺激，懂不懂？我就是要用孩子的东西。松满说，也对，你现在就像个孩子。松满发觉妻子最近以来情绪恶劣，说她像个孩子其实是在美化她，她对松满和女儿的各种指令接近于刁难，松满敢怒不敢言。他怀疑妻子知道了自己的病情，他问女儿，是不是不小心把病情泄漏了。眉君想了想说，不会，假如她知道了不会光是发火。眉君毕竟心细，她认为母亲的这种变化与胡文珠的到访有关。来自女性的猜疑使松满感到茫然。你说是胡阿姨惹了她？松满说，这是怎么说的，人家好心好意来看她，还给她剥荔枝吃，哪儿对不起她了？是她对不起人家，她也打过人家的小报告啊。眉君坚持认为母亲是在嫉妒胡文珠，她对松满说，这种事情说不明白，反正你记得一条，要是有她的同事什么的来看她，你要把住关，假如人家是又显年轻又有福气的，你就挡驾，免得她心情不好，不管有理无理，你别把那种人带到她面前来，让她心情好一点，让她快乐几天。松满在买痱子粉的时候，店主跟他搭讪，买回去给孙子用啊？松满没好气地说，给孙女用。松满后来为千美搽痱子粉，想起他和店主的对话，不禁笑了一声。千美立刻严厉地盯着松满，说，你笑什么？松满说，我没笑。千美说，我听见你笑了，我知道你在笑什么！你觉得我一头一脸的痱子粉很滑稽是吧？你觉得我一把年纪活到狗身上了？你笑好了，我一点也不生气，就要你搽，我苦一辈子了，在店里伺候顾客，在家里伺候你们父女两个，现在病倒了，该享福了，笑什么？没什么可笑的，我要是大小便失禁了，你还要给我换尿布呢，我就当小孩好了，我愿意当小孩。松满不敢对妻子进行辩驳，只是小心地在她全身搽痱子粉。他看见妻子成了一个雪白的人，一个苍老而衰弱的婴儿，内心感受到一种奇怪的战栗，手渐渐地有点发抖。他说，都涂满了，差不多了。千美说，人家胡文珠穿金戴银，我没有这个福气，劳碌一辈子，到头来落个又老又丑，一只脚还伸进了棺材。我现在是该享享福了。多搽点痱子粉吧。痱子粉没多少钱，你就多搽点吧。松满现在相信女儿的猜测了，是那个胡文珠惹了她。人家好心来看望，偏偏就惹了她。松满回味着妻子说的那些话，突然觉得她是在含沙射影，是在埋怨自己。松满想她这是在追根溯源埋怨他们这个家了，她这是在上纲上线搞大批判了。松满想他必须躲一躲，于是他扔下痱子粉说，我去上趟厕所。松满躲在厕所里，跟一个坐在蹲坑上的病人家属聊天。松满问那个人他家病人得了什么，回答说是胆囊炎。松满忍不住说，那多好啊。那人有点生气，说，得病有什么好的？什么病也没有那才叫好。松满想解释他的话没有什么恶意，但不知怎么却害怕提及千美的病。那人问，你们家的得了什么？松满含含糊糊地说，她的病很麻烦。就走出了厕所。松满站在走廊上，他在想用什么办法延长这段轻松的时间。松满想不出有什么办法。同时他隐隐地为自己的这个念头感到不安。他想千美病了没多久，他伺候她没有多久啊，怎么会有这种念头？松满怀着深深的自责回到病房，看见妻子仍然静静地躺着，因为痱子粉搽得过多，她额头上的汗水已经凝结成一些细小的粉粒，看上去像是撒了一层水泥灰。松满拿过毛巾替她擦去粉粒，他想说你看你非要搽这么多脸上可以开水泥厂了。但这句话他忍着没说，他说的是另一句话，床底下有西瓜，你想吃西瓜吗？千美不想吃西瓜，她说，上个厕所去了这么长时间，你在干什么？松满下意识地想说，他什么也没干，就在走廊里站着。但说出来的却是另一句话，大便拉不出来，便秘了，我的肠子好像出了问题。然后松满就看见了千美脸上的那种失望的表情。千美沉默了一会儿说，你也老了，回家休息几天，让眉君请假吧，让眉君来吧。松满张口结舌，他说，不过是便秘呀，我身体好得很。老是让眉君请假，她在单位里影响不好。千美说，什么影响不好？我要把你的身体拖垮了，传出去那才是影响不好。凡事安排要合理，从今天开始，你和眉君一人一个星期，轮着来。谁也别累着谁。松满此后一直无法摆脱自责之心，他不能告诉妻子便秘的事是他随口说说的。他知道妻子有超常的分析能力，她会明断信口开河后面潜藏的东西，而这样无疑是他们一家新的灾难。松满的自责是强烈的，他痛恨自己的恰恰就是自己烦躁的心情。他伺候她才几天呀，怎么就烦了？这怎么能让她快乐呢？松满为了惩罚自己，当着妻子的面吃了一堆帮助消化的药片，结果就跑肚了。他一次次地来往于病房和厕所之间，最后他用一种如释重负的语气对妻子说，好了，通了，我没事了。你没听说吗？人只要吃得下拉得出就代表健康，我好了，完全好了。明天让眉君回去上班，还是我来伺候你。

第十九天

眉君问医生，是不是像她母亲那样的病人都嗜糖。医生说以前没有遇到这种症状。医生反问眉君，病人是不是以前就喜欢吃甜的？眉君说，不，她以前从来不吃零食，甜的咸的都不吃。医生也说不出个所以然，就说，让她吃吧，想吃什么就吃什么，不瞒你说，她想吃的日子也不多了。眉君讨厌医生用这种貌似仁慈的态度说话。眉君举着那颗造型独特的青蛙棒糖回到病房，对千美说，吃！吃！说半天也听不出个科学性来，问他们也是白搭。眉君把棒糖送到母亲的嘴边，千美闭紧了嘴，她说，我自己拿着吃，你从抽屉里把小剪刀拿出来，替我把脚趾甲剪一剪。脱下两只腈纶丝袜，千美的两只脚袒露在眉君的眼前。两只粗糙的皮肤皴裂的脚，其中一只脚背上横着一道不知名的伤疤。

眉君突然愣住了，母亲的双脚对于她竟然是如此陌生。从小到大，这是她第一次如此专注地看着母亲的脚。眉君经常为母亲买鞋，她知道她的脚是三十六码，但她却头一次把这双脚抓在手中。你不嫌吧？千美说，你长到十六岁我还替你剪脚趾甲，现在轮到你给我剪了，这辈子大概也就这一次了。我不嫌。眉君用手指摸了摸母亲脚背上的伤疤，说，这道疤是怎么回事？切菜刀没抓住，掉到脚背上了，出了好多血。千美说，那时候还没有你呢，你爸爸不在家，我自己用纱布包着脚，一只脚骑车骑到医院里，缝了三针。我不知道这事。眉君说，你从来没说过。这有什么好说的？又不是什么英雄事迹。千美忽然笑了笑，说起来我也有过英雄事迹的。有一次在糖果店上着班，化工厂老钱的女儿哭着跑来，说她弟弟掉到河里去了。我二话没说，跳出柜台就往河边赶，大冬天的，我穿着棉衣呢，跳到水里，人像个油桶，光是往上冒，不往前面走，急得我，幸亏那孩子漂得不远，我扑通几下，就把他的手抓住了。你也没跟我说过这事。

眉君笑着，说，那你受表彰了吧？屁。千美说，老钱还算懂事，见到我点头哈腰千恩万谢的，老钱家那口子真是岂有此理，看见我假装没看见。她跟我结过怨，有一次她来买盐，买了盐回家又来了，说我少称了一两盐给她！早知道这样，你就……眉君说到这儿把话咽回去了，她意识到那不是母亲的意思，况且这话不该说出口。做好事不一定有好报的，我现在才想通了。千美响亮地抿着棒糖，说，那时候人不一样啊，救了那孩子以后我倒是等着表彰的，可是谁也没把这事扩大呀。老钱他们自己不去宣传，我总不能自己出去宣传，说我救了个落水的孩子吧。也奇怪，有的人做件好事，也不见得是多大的事，哎，它就能弄得全国都知道。我救了孩子，怎么就像放个屁一样，马上就无声无息了呢？店里的人也都是居心不良，装得谁也不在乎这件事，倒好像我不是救人是推人下河一样！想想也有点思想情绪，后来年度总结的时候，我也不客气了，把救人的事情一五一十地写了进去。他们最后评了我一个先进。评个先进算什么？眉君说，应该上报纸上电视的！眉君看见母亲的脸上有一种亢奋的红色，她的眼睛炯炯发亮。眉君凭直觉切断了这个话题，她觉得回忆对母亲的身体不利。于是她大声地拍着巴掌说，开饭了，开饭了。所谓的饭是白米稀粥和猪肉松。眉君用一把铝质调羹为母亲喂粥，虽然粥并不烫，她还是习惯性地吹了吹。眉君看见母亲紧闭着嘴，她说，张嘴啊，这粥熬得挺香的。千美将头偏到一边，说，我不想吃，我还是吃棒糖。眉君皱眉说，你怎么真的变成孩子似的，孩子才不愿意吃饭光吃棒糖。千美说，你就把我当孩子看好了，你们都把我当孩子看，我也不觉得丢人。眉君怏怏地放下粥碗，听见母亲说，吃了就吐，我还是不吃了。眉君说，有时候不吐，你还是试试，吃下去的就是营养，对免疫力有好处的。千美转过脸，躲避着女儿的碗和调羹，说，胃口好的时候舍不得吃，现在想吃了，吃了就吐，这不是在作弄人吗？这不是在迫害人吗？我犯了什么错误要受到这种待遇？想想肺都要气炸了。我现在是满肚子意见不知向哪儿提呀。天花板上的电扇呼呼地转动着，从楼下的某个地方传来一个女人尖利凄楚的哭声。眉君觉得这种哭声也不利于母亲的心情，她走过去想把窗子关上。千美在后面说，别关窗，我不在意外面的声音。眉君回过头，看见手执棒糖的母亲，看见她的近乎焦黄的失去了水分的面孔，那张面孔上只有一双眼睛是明亮的。眉君竭力想着母亲年轻时候的模样，想起的只是放在家里镜框中的母亲的一张照片。拍那张照片时的母亲大约二十岁，穿列宁装，梳两条辫子，笑得虽然勉强却仍然不失美丽和灿烂。眉君记得的年轻时的母亲其实就是照片上的那个姑娘。眉君站在窗边，看了眼外面的几棵白玉兰树，树上肯定有一只知了，就是看不见。眉君的目光在搜寻知了，但她心里在想着母亲的那张照片。不久以后，那张照片或许就要挂在母亲的灵堂中了。眉君为自己的这种预想感到恐惧，因为恐惧她的眼泪终于夺眶而出。千美的眼睛仍然明亮，她看见了女儿抽搐的双肩，她知道女儿在哭。千美的脸上浮出一种欣慰的笑容，她说，哭什么？我也不见得就会死，挺一挺说不定就把病挺过去了。我在想阎王爷要是早早把我勾了去,他也是要后悔的。我这人眼里揉不得沙子，实事求是，到哪儿都要提意见反映情况的。他要是急着把我勾去，那就是抱一个意见箱回去，他有什么好处？这不是母亲的幽默,是她对那个什么阎王的威胁。眉君意识到了这一点，但她还是忍不住破涕为笑，眉君说，这倒是的，他们都说你是一只意见箱。我知道他们管我叫意见箱。千美说，意见箱怎么啦？让你长一张嘴,光是让你吃饭的？老师教你写字，光是让你签名领工资的？有意见就得提，有情况就得反映，这有什么错？病房虚掩的门被推开了，一个矮小而精干的老头提着一筐水果走了进来。是糖果店的孙汉周来了。孙汉周的到来使千美猝不及防。千美求援似的看了女儿一眼,她的目光包含了几层意思。其一，这是个冤家，他来这儿干什么？其二，虽说这是个冤家，但现在来这儿一定是出于好意，让我怎么跟他应酬呢？眉君对母亲和孙汉周之间的嫌隙有所耳闻，眉君一方面落落大方地让座，另一方面则用警惕的眼光盯着孙汉周，好像时刻防备这个人对病中的母亲作出伤害。孙汉周嘿嘿地笑，还搓着手，开门见山地说，我代表工会来看你。这开场白也可以理解成两层意思，其[illegible]，我个人才不会来看你呢。其二，你是病人，我是健康人，我今天不是来吵架的，是来关心你探望你的。千美瞥了一眼那只水果筐，看见几只干瘪的橙子和几只青绿色的苹果，心想又不是你个人花钱买礼品，怎么买这些蹩脚东西来糊弄人呢？虽说我不能吃，你就不能买好一点的让人舒服一些吗？千美心里不高兴，嘴上就有点阴阳怪气，说，你还在公司啊？我记得你的年龄也应该退休了，怎么不退呢？返聘，返聘。孙汉周说。公司人那么多，又没什么事，为什么要返聘？千美说。谁说没有事？新开了好几个批发部，缺人手。孙汉周脸上的微笑已经很勉强了，他看了看一旁的眉君，干笑一声，说，这可不是什么走后门，不是不正之风。千美懂得对方的潜台词，她淡淡一笑，意思是没说你不正之风，心虚什么？现在就是你搞不正之风我也不管了，我想通了。千美用被单把自己的双肩盖住，说，我什么都不管，我现在只管自己的身体。这就对了。孙汉周说，自己的身体最重要，身体是革命的本钱嘛。世上那么多人，那么多事情，有点不正之风是难免的，你想都反映也反映不过来。千美当然听出了孙汉周话里有话，他是在挖苦讽刺她呢。他肯定还记恨她。她在糖果店工作那些年来，一共写了多少封针对孙汉周的群众来信，她也不记得了。但千美相信除了“文化大革命”时期的那几封有点上纲上线，其他的都是实事求是的，孙汉周不管是工作上还是生活作风上，问题就是多。千美眨巴着眼睛，很想开诚布公，把这句话当他的面说出来，但看着孙汉周这几年明显苍老的面孔和头上的最后几根可怜的白发，千美失去了勇气，她说，你身体好吗？不好。孙汉周说，去年拿掉了一个肺，只剩下一个肺在呼吸，好得了吗？千美哎哟了一声，孙汉周的肺使千美的同情心油然而生。她说，你不能抽烟了，你整天夹着个香烟，弄得店里一股烟臭！记得我给你当面提过意见的吧，对身体没好处，肺上的毛病，都是抽烟抽出来的祸害。我戒了，孙汉周说，保命要紧。现在我怕烟味。三个儿子在我面前都不敢抽烟。你小儿子不是在日本吗？千美说。回来了？去年就回来了。孙汉周说，算是挣了点钱，给我买了一只手表。孙汉周抬起手腕，原来是想让千美参观一下手表的，看千美没有那个意思，又把手放下了。千美不看孙汉周的手，她说，我是反对让孩子出国的，崇洋媚外的，外国的月亮比中国圆啊？眉君那年也要出国，我们家松满还跑前跑后地忙呢，我就反对，在国内就没有前途了？非要出国不可？我才不信。眉君在一边打断她母亲的议论，你在说些什么呢？我那事八字没一撇，不是一回事！眉君还想说我没出国也不是因为你反对，本来就走不成，但她照顾千美的面子，没有说下去。孙汉周无意再聊下去。他站起来，与此同时千美母女俩看见他面色遽变，他的眼睛惊恐地瞪圆了，嘴巴张得很大，然后是一种剧烈的山崩地裂的咳嗽声回响在病房里。眉君慌忙上去扶着孙汉周。孙汉周面色酽红，弯下腰咳，跺着脚咳，拍胸打肚地咳，咳得空气也在颤个不停。千美瘦弱的身体在这暴风雨般的声音里瑟瑟发抖,她坚持着坐了起来,对眉君说，这么咳要咳出事来的，快，快去叫医生。大概持续了两分钟，孙汉周的肺部安静下来了，他的人也安静下来。孙汉周叉着腰喘了一口气说，我的肺很脆，就像一张纸。有个中医说，我这病是气出来的。孙汉周说那句话的时候眼睛看着眉君，但千美明显地听出那句话别有用心，千美原来坐着，孙汉周一言既出，她的衰弱的身子像一段枯木被风吹倒了。她侧卧在床上，拍着床铺说，眉君，把孙叔叔送出去！眉君送走了孙汉周，慌忙又跑回来，因为在走廊里她就听见了母亲嘤嘤的哭声。千美神情恍惚，她说，他在怪我，你没听见吗？他说是我把他气出来的病。眉君说，你在说些什么？你气他还是他气你？到底谁气谁？千美忽然哭起来，她说，人家什么也没忘，他还记着我的仇。眉君被母亲突发的变化吓坏了，她紧紧抱着她。千美仍然在哭，哭得越来越伤心。她说，我的好处他都忘了，他到现在还记着我的仇！你看不出来，他不是来慰问我的，他是来气我的！什么一只肺一只肺的，难道是我把他的一只肺弄没的？千美热泪涟涟。眉君知道母亲和孙汉周之间的恩恩怨怨是一池浑水，她无从安慰母亲，就握着她的手说，不哭了，不哭了，医生说你不能发怒，这样对你身体没有好处的。千美呜咽了一会儿，终于重新躺了下来。眉君用毛巾给她擦脸时候听见她说，以后别让他们进来，他们都没安什么好心。眉君问，不让谁进来？糖果店的那些同事，一个都不让他们进来？千美想了想，说，老金人很好，我们同事那么多年从来没红过脸。不过他不会来的，去年出车祸死了。眉君想起以前糖果店里的一个长着酒糟鼻子的老头，那就是老金，那老头沉默寡言，从来不说话的。眉君想起老金就有点不舒服，她不明白母亲为什么独独与这个老金相安无事。她知道糖果店那么多同事，母亲从来没提过老金的意见。她还记得小时候问过母亲那个老金是不是哑巴，母亲呵斥她说，胡说，人家不过是有点结巴，不爱说话。你别看老金不像孙叔叔那样，从来不逗你玩，那不代表他不喜欢你，那个孙叔叔天天逗你玩，好像多喜欢你，那不代表他就是好同志！

千美的群众来信选（四）

饮服公司党总支：我是新风糖果店的一名普通职工。最近得知孙汉周同志已被评为年度先进个人，我们店的群众对此反映很大，议论纷纷。为此我代表我店全体职工对这个评选结果提出四点意见。一、孙汉周同志虽然是党员、领导，但这位同志离党员的要求差得还很远，各方面都不能起党员的模范带头作用，特别是私心杂念比较严重，他对店里的工作经常撒手不管，有重活累活时不是抢着干，而是躲着走，他经常用店里的三轮去煤球店为自己家拖煤。二、孙汉周同志平时对政治学习很不重视，宣传中央文件时掐头去尾，还经常发一些今不如昔的牢骚，对组织领导有不满情绪。三、孙汉周同志不注意团结群众，为了两毛钱加班费，与别人拍桌子吵架，还经常骂脏话。四、孙汉周同志有弄虚作假现象，我们店群众评议先进个人是金福生同志，金福生同志不管是在思想还是工作上都获得了群众的一致好评，我们一致推选他为先进个人，上报的名单为什么变成孙汉周了呢？希望上级领导调查。总（综）上所述，希望党总支对我店先进个人人选问题采取慎重的态度，多听群众意见，树立真正的先进典型，激励我们为四化建设作出更多的贡献！

此致革命的敬礼！

新风糖果店职工

一九七八年三月十日

千美的群众来信选（五）

饮服公司党总支：我是新风糖果店的普通职工。来信向你们反映我店孙汉周同志利用职权向本人进行打击报复的严重问题。由于本人向党总支反映过孙汉周的问题，使他没有评上先进个人，孙汉周怀恨在心，在工作上多次给我穿小鞋，并且编造我的黄色下流的谣言。他还曾在店里对我说，我跟他斗就是跟党斗，我反对他就是反对无产阶级专政。我虽然只是普通群众，但对党对社会主义有深厚的无产阶级感情，我不怕打击报复，学习张志新，学的就是她的真诚无私和大无畏的革命精神。我有决心跟不正之风斗争到底。同时我希望上级领导重新考察孙汉周预备党员的资格，保证我们党员队伍内部的纯洁。这不仅是我个人的要求，也是我们店广大群众的强烈要求！

此致革命的敬礼！

新风糖果店职工　曾千美

一九七八年四月二十日

第三十三天

男医生暗示过松满好几次了，病人应该回家，留在医院里已经没有任何用处。松满不理会他的暗示。松满告诉他，病人虽然病得厉害，但凡事还是由她做主，她现在还想留在医院里配合医生，与病魔作斗争，你们怎么能让她回家呢？女医生开门见山地让松满办出院手续，她说话常常显得很不中听。公费医疗就是弊病多，她在办公室里大发议论，把医院当免费旅馆了，把医生当巫师了，明明知道没救了，偏要赖在这里，病人不知道自己的病情，你们当家属的也不知道？松满对女医生的这种态度非常愤怒，他拍着桌子说，你少给我耍态度。你们的责任就是救死扶伤，不想救不想扶也不行，不想干就把这身白皮脱了。松满怒气冲冲地走出医生办公室，气得双手发抖，他想这是怎么说的，医生怎么可以赶病人走？病人已经够可怜的了，你就是治不了她也不能逼她走啊。松满的倔劲上来了，走到病房门口，眉君迎上来问，是不是催出院？松满张嘴就骂了句脏话，说，不理他们，我们不出院，我们就偏偏要赖在这里。松满知道与医生怄气的结果可能导致千美死于医院的病床，这明显是不合风俗礼仪的。松满其实心里有点发虚，他试探着问千美，你的病已经稳定下来了，你是想回家还是留在医院里？千美用她明亮的眼睛注视着松满，说，你说呢？我听你的。松满从妻子的眼神里发现她也在试探，她将把松满的回答以及反应当做一面镜子，从中发现自己真实的病情，看看自己离死亡到底有多远。松满不上她的当，他说，住着吧，稳定一阵再说。松满很快意识到自己是对的，他看见妻子点点头，脸上浮现出一种欣慰的笑容。千美说，我就是怕把你和眉君拖垮了，要不然夜里不要你们陪了，你们都回家睡去。松满说，不行，得陪夜。等你好了出院了，我把乡下的侄女叫来伺候你，我就专门睡觉好了，有得睡呢。松满惊讶于自己撒谎的本领。他现在几乎天天对着妻子撒谎，不知怎么谎言便出口成章。松满为自己的谎言感到得意，他想，现在能做什么呢？他就是变成一头牛也不能把千美从生命那一端拉回来了，只能按照医生说的，尽量让她快乐几天了。让千美快乐。整个七月和八月松满和眉君一直在为此忙碌。父女俩深知千美的为人脾性，让她快乐用语言是不够的，用物质也适得其反。千美一贯讨厌甜言蜜语，她认为甜言蜜语的背后一定是口蜜腹剑。千美一贯节约成性，你买任何她喜欢的东西也不能得到夸奖，买贵了是浪费，买便宜的是便宜无好货。父女俩除了迎合千美对棒糖的特殊要求，没有别的办法能够让她真正地快乐起来，松满为此愁白了头。这一天机遇突然来临。那天早晨千美正昏睡着，松满看见邻居老萧在门外探头探脑的，手里还提着两盒中华鳖精。松满没想到老萧会来，他下意识地冲出去阻挡老萧迟疑的脚步，惟恐他的到来使病人受到新一轮的刺激。松满把老萧推到一边，可老萧的一句话就把善良的松满打动了。松满，你要是个人，就可怜可怜我，让我给千美赔个礼道个歉吧。老萧说。松满从老萧湿润的眼睛里感受到了人家沉重而真挚的歉意。老萧已经从别人嘴里知道千美的病情了，老萧说他们老夫妇俩已经三夜没睡着觉了。他们把一对开餐馆的儿女骂了个狗血喷头，让他们还千美阿姨的一条命。他们还不出命，他们就掏钱买了两盒中华鳖精让他舰着老脸送来。松满连忙说，千美的病早就生在身上了，不能把责任怪到他们头上去。打人是不对，打一个老年妇女更不对，但再怎么打人也不能把癌细胞打到她身上去，所以这事不能赖在他们头上。老萧看上去很赞同松满的分析，但嘴上还恶狠狠地说，不赖他们赖谁？街上都传开了，说萧家把千美气出了癌症。松满看老萧很冲动的样子，反过来好言安慰起他来，其实这事千美也有责任的，她就是吃不得亏，容不下人，你们家的餐馆要说影响别人也不止影响我们一家，别人都没事，就她不依不饶，反映这反映那的，她的脾气你也知道的，一辈子就是个意见箱，要改也改不了。老萧苦笑了一下，沉默片刻，突然说，千美的意见管用了，我们家的餐馆没了。这下是松满吃惊了，他说，怎么啦？怎么就没了呢？老萧说，让工商局查封了，千美说得对，只有街道的许可，没有工商局的批准，是不合法。松满看着老萧，就是在这个瞬间，松满自信地认为找到了一件让千美快乐的事情。让她快乐，她会为此快乐的。松满心里这么想着，分外热情地抓住了老萧的手，老萧最终被他领到了千美的病床边。千美从昏睡中醒来，受惊似的看着两个男人。她认出了老萧。又来了一个不该来的人，千美用谴责的目光询问着松满，那意思是说你怎么让这个人进来了，你是要把我活活气死吗？龙凤餐馆关门了！松满大声说道，关门了！关门了！他的声音听上去无比欢快。他丢给千美一个狂喜的眼色，正如他预料的那样，千美立刻瞪大了眼睛，将信将疑地看着他，等着他往下面说。龙凤餐馆关门了！松满又嚷了一声，这时他突然意识到老萧的存在，他觉得如此快乐地渲染这件事情不太妥当，况且把自家的快乐建立在别人的痛苦之上有点不近人情，所以松满下意识地压低了声音，关门了，他说，老萧在这儿呢，让他跟你说吧。老萧在椅子上欠了欠屁股，涨红着脸说，松满没骗你，我们家的餐馆让工商局查封了。千美说，怎么啦？我们确实没有执照。老萧苦笑了一下，说，工商局很重视你的群众来信，他们来查执照，我们执照还没到手，他们就把餐馆封了。千美嘴里发出一种含糊的喉音，不知道是表示欣慰还是惋惜。空调我让儿子拆下来了，装到家里去了。老萧说，排气扇没拆，不过反正不用了，也不会再吵你们了。千美眨巴着眼睛，看着天花板，说，我不是那个意思，我不是有意跟你们家过不去。我是让工商局来解决问题，不是让他们来查封的。工商局这样处理问题是不对的。没办法。谁让他们不懂法，执照不全就开张呢。老萧说。千美示意松满将棒糖递给她，千美将棒糖放在嘴里吮了几下，又问老萧，餐馆没了，你儿子在干什么？什么也不干，在家啃我们的老骨头。老萧说，天天出去打麻将，挣几个辛苦钱，全扔在麻将桌上了。不能赌。赌博害死人啊。千美顺口批评了几句，说，那你女儿呢，她回袜厂上班了吧？还上什么班？老萧说话的声音里充满怨气，她是辞职的，回不去了。没脑子，也不跟我们商量一下就辞职了。年轻人办事就是毛糙，做父母的说破嘴也没用的。千美说，那女儿准备干什么呢？也在家，天天睡，睡完了吃！也来啃我们的老骨头呀。老萧说，我们有什么办法？总不能赶他们走。啃吧，都来啃，这把老骨头啃完了，让他们喝西北风去！千美被老萧嘴里突然喷出的唾沫吓了一跳，她木然地看着老萧怨天尤人的脸，张大嘴想说什么。老萧和松满等着她说什么，但千美突然把头转了个方向，脸朝着墙，说，我头疼，疼得快裂开了。松满从千美的脸色中发现老萧最终没有给她带来什么快乐。松满想要是这件事情光有前半截就好了，偏偏要说起老萧那儿子那女儿，一件快乐的事情就这么变成了不愉快的事。松满很沮丧，他把老萧送出来，对他说了一句很不中听的话，你那个儿子，再不管教迟早要惹大乱子的。老萧听得莫名其妙，他说，我儿子又干什么了？松满又说，你那女儿也不像话，她那打扮，简直就像个妓女！松满回到病房就听见千美呜呜的哭声。千美为什么哭，松满也猜到了几分。松满说，你哭什么？你为那两个混账东西哭，犯得着吗？千美说，我不该写那封信的，第一封信写了，第二封信不该写的，是我把他们家害了。松满心情恶劣，赌气似的说，怎么不该写？就该写，写两封信我看是少了，这种人家，就该让他们吃点苦头！千美仍然哭，边哭边说，他们让我弄得没工作了，我成了萧家的害人精了。我担不了这个恶名啊。千美的哭声停不下来，松满慌了手脚，他过去握住她的手说，别胡思乱想，人家没有怪你，人家还来请罪，你忘了是谁把你气到医院里来的？到底是谁害谁，你不能犯糊涂嘛。松满说什么千美也听不进去。千美突然坐起来，用嘶哑然而不可抗拒的声音说，拿笔来，拿纸来，我还要向工商局反映情况。我要替萧家说说话。松满费了点口舌，最后还是没能说服千美。松满一赌气就拿了一叠空白病历纸来，说，手指都肿成什么样了，你还要写，有本事你把这叠纸都写满了！千美不理会松满的挖苦打击，就像从前的许多时候一样，千美在病床上正襟危坐，开始了她一生最热爱的工作。千美先用圆珠笔在纸上画了一下，证明圆珠笔走墨流畅，然后她眨巴着眼睛开始了紧张的构思。大约五分钟后，千美构思成熟，脸上出现一种专注的凝重的表情。松满亲眼看着妻子用浮肿的手指在病历纸上写了那封特殊的群众来信。

千美的群众来信选（六）

工商局领导：我是香椿树街的居民。今来

信代表街道一部分居民，就贵局查封龙凤餐馆一事提出我们的看法和意见。龙凤餐馆经营期间因为管理不善曾经给当地居民带来影响，但经过友好协商，大家互相谅解，问题已经基本解决。现在因为执照的问题查封餐馆，给经营者萧某某一家生活带来了严重的后果，使他们的基本生活无法维持。党中央号召安定团结，解决百姓的生活困难。工商局这种一刀切的做法有背（悖）于中央精神，希望你们能采取具体情况具体分析的态度，在公正执法的同时体贴（恤）民情，为龙凤餐馆提供临时营业执照，帮助萧某某一家渡过目前的难关。

此致敬礼

香椿树街居民　曾千美于病中

一九九三年九月十日

第四十一天

暑热已经被西风吹去，窗外的知了也显得安静了许多。眉君这天来医院时带来了一枝桂花。她把桂花插在一只水杯里，对千美说，买到桂花了。闻到香味了吗？小孟昨天听你说闻到桂花香了，今天就跑到花鸟市场去，还真的让他买到了。千美不说话，千美只是用一种漠然的目光看着女儿。眉君说，你没闻到？不喜欢了？小孟以为你是想闻桂花香呢，难得他这么细心，还知道讨你高兴。我不高兴。我有话问你们。千美突然说，我的手术到底是谁做的？眉君一下没有反应过来，手术？她说，什么手术？千美说，谁给我做的手术？眉君意识到这段时间里发生了某件可怕的事情，她一下就慌了。怎么啦？眉君说，是张医生做的手术。手术怎么啦？千美说，不是张医生做的，是刘医生。你们别骗我，我都知道了。眉君几乎叫起来，谁说的？谁在跟你胡说八道的，缺了大德了。明明是张医生做的，怎么是刘医生？谁这么骗你我打烂他的脸！眉君环顾着病房里的其他几个病人，说，谁这么胡说，缺了大德了！病人们都躲避着眉君咄咄逼人的目光。他们的表情都有点不快，他们的表情在说话，你别冲着我们来，关我们屁事！眉君呜呜地哭了起来，她说，这到底是谁说的鬼话呀？气死我了，气死我了！谁跟我妈说这话，让她不得好死！千美不为女儿的哭声所动，仍然用一种平缓而冷峻的语气盘问眉君。刘医生怎么给我做的手术？千美说，有那样做手术的吗？把我的肚子打开，看一眼，说不行，就又缝起来？有这样做手术的？他们把我当什么，当一头猪？眉君绝望地叫起来，胡说，他们在胡说，你别听他们胡说。千美说，他们没胡说，你们在胡说。我一直由着你们在骗我呢。我得的什么病？不就是个癌症？癌症也得治。治得好治不好是另外一回事，你们怎么能这么干，把我的肚子打开，看一眼就缝上，有这样给人治病的吗？我是血肉身体，不是一匹布，怎么把我当量米袋子啊，随便剪一刀，随便缝几针？眉君说，没人把你当量米袋子，他们给你做手术了，把不好的东西都拿出来了啊。千美说，你还在骗我？我都知道了，什么也没拿，他们就看了一眼，看一眼就缝上不管了。怎么能这样？说是没法治？有法治要你们医生干什么？说是没那个技术，没那个技术就别把人弄到手术台上去。滑稽，有技术给我开膛破肚的，就没技术动手术？把我当什么了？我是个活人，不是孩子过家家的布娃娃。怎么能这样？灌肠，上麻药，切肚子，打开肚子又缝上了，原封不动！又缝上了！眉君惊恐地看着母亲。她觉得母亲红光满面，多日来积聚在她眉眼之间的死亡之气无影无踪。她听出母亲的平静的声音铿锵有力，一反几天来衰弱无力的模样。眉君感到害怕，害怕的不仅是关于手术细节的败露，更害怕的是母亲的这种亢奋。她记得医生预测过母亲的弥留期，就是这几天了。眉君害怕这是母亲的回光返照。眉君止住哭泣，突然被一个强烈的念头所攫住，母亲就这几天了，就这几天了，让她快乐，让她快乐，让她去埋怨，让她去发泄。眉君这么想着就不再去压抑母亲的悲愤，她迎合着千美，突然骂了一句，张医生，刘医生，都不是什么好东西！眉君注意到其他病人用一种惊愕的目光瞪着她，眉君毫不在乎。她是为了让母亲快乐，为了让她快乐，眉君加大音量，又骂了一句，都不是好东西！千美眨巴着眼睛，数滴浑浊的泪水淌过她鲜红的面颊，她的喉咙里开始发出一种痛苦的声音，不要骂人，她说，骂人不能解决问题。眉君替母亲擦去泪水，看见母亲的泪水，心中充满莫名的酸楚。她说，就是要骂，就是要骂他们。医生医生，治不好病，救不了人，穿着白大褂在这里骗人！话不是这么说。千美说，人得了不治之症，怪不得医生。我生气不是他们治不好我的病，是他们的医疗作风！怎能这么对待病人？不管手术有没有用，你得做不是？不能推说做了没用就不做了，就缝起来让病人等死去了！不是东西。眉君顺嘴骂着，她说，什么主治医生？都是废物，是骗子！骂人是最没用的。千美说，还是要反映上去，这种医疗作风，也不是一天两天了，把人的肚子当西洋镜，看一眼就合上。为什么没人反映上去？眉君看见母亲的眼睛里有一道坚韧的明亮的光芒，她几乎猜到母亲要干什么了。眉君心里在嘀咕，又要写信了，你的手连笔都握不住了，还要写信！但是为了让母亲快乐，眉君下意识地顺着她说，我来写信，我来反映！千美艰难地瞥了女儿一眼，她的眼神中流露出一丝犹豫，但很快地她摇了摇头。不行，你们反映我不放心。千美说，你们说不到点子上，人家不会引起重视，不引起重视，写了也没用。眉君脑子里只想着让千美放弃写信的念头，她说，你不放心我，让小孟写总行了吧。大学生，写封群众来信，还怕说不到点子上？千美笑了笑说，大学生不一定就能写好群众来信。群众来信不要文采，反映问题主要是能说在点子上。眉君不忍心跟母亲争论，她抓住她的手，检查母亲的两只浮肿发白的手。我不让你写。眉君说，你怎么说我也不让你写。说什么都不行，要写我们来写，我不会让你写的。千美说，你要是真的想让我快乐，就去拿纸拿笔。我不写，我说你写行不行？眉君皱着眉头凝视母亲失去弹性和水分的十根手指，一一抚弄着，没有说话。千美说，我知道你们想方设法让我快乐几天。那为什么还要惹我生气？去吧，去拿纸笔。我不是瞎子聋子，我不做这种医疗作风的牺牲品。只要还有一口气，我就要向上面反映。眉君沉默着松开母亲的手指。她想起从前有个邻居小孩问过她一个问题。小孩说，你妈妈整天在写什么？她回答说她在写作业。这是千美从前对女儿常常用的一个借口，她对眉君说，别来吵我，妈妈急着写作业，妈妈也有作业。眉君想起青年和中年时代端坐在桌前的母亲的背影，心中并没有一丝温馨的感受。眉君突然间失去了耐心，她站起来，说，写吧写吧，让你快乐！写！眉君蒙住自己的脸向医生办公室跑去，她不知道自己为什么哭了。她一边哭着，一边用异常凶恶的腔调向医生护士们嚷嚷，拿纸来，拿笔来，我母亲要告你们的状！

千美的最后一封群众来信（口授）

第二医院院领导：我是贵院内二科的一个住院病人。上个月做了肿瘤切除手术。令人气愤的是主刀医生刘某某将我的腹腔打开后，未作任何手术处理就缝上了。她的借口就是癌细胞扩散，无法治疗。致使我失去了与疾病斗争的机会，只能眼睁睁地躺着等死。据我了解，许多癌症病人在贵院受到了这种不负责任的待遇，他们在遭受疾病折磨的同时，也受到了身心的伤害。我代表所有受害者强烈呼吁贵院加强医风医德的建设，这种无视病人生命安危的医疗作风一定要整顿了！

内二科住院病人　曾千美

一九九三年九月十八日

第四十六天

松满和院长的谈话进行了大约半个小时。半个小时后，松满低着头走出院长办公室。眉君等在外面，焦急地看着父亲。谈什么了？眉君说，谈这么长时间，谈出什么结果了？松满仍然低头向前走，他说，人家很重视她的信，人家五个院长为她的信专门开了一个碰头会。眉君说，开会有什么用？他们到底准备怎么治疗？松满这时站住了，看了眼眉君，头又扭过去，说，他们问我要不要再重新做手术，他们让我们随便挑选主刀医生。眉君愣了一下，突然叫起来，那不是要她的命啊？她现在风一吹就倒，怎么经受得住？松满说，医生也这么说的，说要是做第二次手术，很可能就死在手术台上了。眉君追着父亲，问，你怎么说的？你没有答应他们做第二次手术吧？松满苦笑了一下，说，我怎么敢答应？我对他们说了，这事得问她自己。回到病房之前，父女二人不约而同放慢了脚步，他们站在走廊上，想商量一下口径，但不知怎么的，两个人面面相觑，谁也没说什么。松满先走进了病房，大声地对着妻子的床说，人家很重视你的信，很重视啊！千美从昏睡中醒来，她的黯淡的眼神一刹那间燃烧起来，目光炯炯地盯着松满，说，怎么个重视法？松满说，五个院长，专门为你的信开了会，他们说要大抓特抓医疗作风。千美说，光是嘴上说说没用，怎么抓得看行动。他们有什么实际行动？松满瞟了女儿一眼，说，眉君，有什么实际行动？你跟你母亲说。眉君扭过脸，说，人家跟你谈的，你不说怎么让我说？松满低下头，向地上吐了一口唾沫，然后他用鞋底不停地擦着那摊污迹，他们说可以再做一次手术。松满终于开口说了，他们随便我们决定，要不要再做一次手术，主刀医生随我们挑。千美说，这有什么难开口的？是好事啊，说明他们真的重视我的意见。松满说，第二次手术，有点……我没决定。松满抬头寻求女儿的帮助，但眉君赌气似的避开松满的目光，不知在生谁的气，她走到窗前，抱着双臂看着窗外。千美明显意识到了什么，眨巴着眼睛，盯着天花板看。你没决定？让我自己来决定？千美说，我知道你们怕什么？怕我撑不住，死在手术台上？松满不说话，不说话代表他默认了妻子的分析和判断。千美沉默了一会儿，突然笑了一声，这就是你们的不是了，人家很重视，人家要解决问题，你们怕这怕那的，就不怕人家笑话？人家会说，你们在搞什么名堂？早知道这样，你们提什么意见？松满支吾着说，提意见归提意见，这不是一回事。你现在的身体，不能再上手术台折腾了。千美说，那我的意见不是白提了？那我不是变成无理取闹了吗？松满说，那是两回事，你不能为了面子过不去，冒这个险！千美说，不是面子的事，是做人的道理。再说我还怕什么危险？冒不冒险我都活不了几天了。松满说，你是糊涂了。你不知道自己的身体？你这么糊涂我也不管了，我告诉你，再来一刀，你怕是下不了手术台了！千美看了眼松满，她的嘴角上挂着一丝笑意，眼神里却都是失望。一辈子夫妻做下来了，你还不知道我的脾气，千美说，我是怕死的人吗？我不怕死。松满说，不怕死也不能去送死！千美说，该送死就得送死，他们能接受我的意见也很不容易，解决问题，大家都要做出努力。大家要配合。松满说，什么努力？什么配合？努力去死啊？你这是什么脑筋呀？千美说，你又要骂人了。我什么脑筋，人的脑筋！最多是钻了牛角尖，要说钻牛角尖，我钻了一辈子了，临死再改，自己不是当了自己的叛徒？我不当叛徒。松满说，你还是在钻牛角尖，就像你以前写那么多信，都是钻的牛角尖啊，你自己知道不知道？千美说，我知道，怎么不知道？千美说着叹了口气，你数落我数落了一辈子了，你们不是想让我快乐的吗？想让我快乐还来数落我！批评我？我的快乐现在就是去送死，我不怕你们去跟别人说，说我疯了，我就是要去送死。松满终于用双手蒙住脸，不让妻子看见他眼里的泪。松满说，随便你，我不数落你了，是你的性命，随便你吧。千美叹口气，说，这就对了，是我的性命，我知道我的性命还能派什么用处。我这小半条命，还能用来整顿他们的医疗作风，划得来呀，死得其所。窗边的眉君这时失声痛哭起来。千美注视着女儿抽搐的肩头，面容安详。千美作出了这个决定以后，面容安详。窗外西风呼啸，预示着秋天正在深入医院和整个世界。窗外的西风渲染了病房里的一片沉寂。病房里的一家人此时都听见了输液瓶的滴水声。千美躺在病床上，面容安详。大约过了五分钟，她轻声对女儿说，眉君，拿梳子来，替我梳一梳头。

最后一天

上午九点三十五分。癌症病人曾千美在第二医院的手术台上停止了呼吸。主刀的张医生走出去向病人的家属通报这个不幸的消息。他走出手术间的大门，看见死者的丈夫蹲在墙角边，一只手顶住肿胀发亮的下颌，木然地瞪着他。张医生说，很抱歉，你们准备后事吧。松满靠着墙慢慢站起来，木然地瞪着医生。张医生心中很坦然，知道一切都有对方签字为据，这不是医疗事故，所有当事人对这个结果已经有所准备。张医生说，真的很抱歉，病人的内部器官全面衰竭，我们无能为力了。松满使劲地点头，用手指指着自己的下颌，牙疼得厉害。我有准备。他说，疼死我了。我们不怪你，我们没有意见。我们不会再提什么意见了。虽然松满发出的声音需要仔细辨别，张医生还是听清了对方的意思。张医生的脸上露出了欣慰的笑容，对松满说，你牙龈发炎很厉害，去口腔科看看吧。松满摆了摆手，意思是这种时候他没有时间去管自己的牙齿。他转身拿起一只可以折叠的小板凳，说，我女儿马上要来的，她要是跟你说什么难听的话，张医生你别生气。张医生认识眉君，他知道所谓的难听话是什么，他心中很坦然。张医生说，没有关系，我们理解家属的心情，说些难听话我们不会计较的。张医生对松满最后感激歉疚的眼神印象很深刻，事实上他不是经常能遇到这种宽厚的理智的家属的。张医生心中对松满陡增好感，破例和松满握了握手。然后他看见松满一只手夹着折叠板凳，一只手伸到裤子口袋里掏着什么。松满掏得很费劲，引起了张医生的好奇，他看着松满手里的东西。那是一根已经融化了的做成熊猫形状的棒糖，棒糖顽强地黏在松满的手上。松满有点发窘，努力地将棒糖从手上剥离开来，我在找一封信，他说，昨天夜里我爱人嘱咐我写的，不是提意见的，是表扬信。她说不管她是死是活都要写这信，因为你们医院的医疗作风有了改善。张医生惊讶地看着松满，一时不知说什么好。松满还在掏口袋，说，怎么找不到了？明明是放在口袋里的。松满焦急地拍着衣服裤子上的每一个口袋，突然想起了什么，对了，在病房里，在枕头下面！松满这么叫了一声，就夹着那只折叠小板凳，风风火火地跑了。张医生没有等松满把信拿回来，他只是个医生，许多事情与他无关。他回到手术间时，向外面张望了一眼，走廊里空荡荡的。张医生关上门去洗手，洗了手他就准备下班回家了。作为一个医生，他知道从今天开始，病人曾千美及其家属与他不再有任何关系了。

图书在版编目（CIP）数据

群众来信/苏童著.-上海：上海文艺出版社.2017.6
(小文艺·口袋文库)
ISBN 978-7-5321-6255-0
Ⅰ.①群… Ⅱ.①苏… Ⅲ.①中篇小说—小说集—中国—当代
Ⅳ.①I247.5
中国版本图书馆CIP数据核字(2017)第090601号

发 行 人：陈 征
出 版 人：谢 锦
责任编辑：李 霞
封面设计：钱 祯

书　　名：群众来信
作　　者：苏 童
出　　版：上海世纪出版集团　上海文艺出版社
地　　址：上海绍兴路7号　200020
发　　行：上海世纪出版股份有限公司发行中心
上海福建中路193号　200001　www.ewen.co
印　　刷：山东临沂新华印刷物流集团有限责任公司
开　　本：760×1000　1/32
印　　张：6.875
插　　页：3
字　　数：87,000
印　　次：2017年6月第1版　2017年6月第1次印刷
I S B N：978-7-5321-6255-0/I.4989
定　　价：27.00元
告 读 者：如发现本书有质量问题请与印刷厂质量科联系　T: 0539-2925888

—— 小文艺•口袋文库 ——

报告政府	韩少功
我胆小如鼠	余华
无性伴侣	唐颖
特蕾莎的流氓犯	陈谦
荔荔	纳兰妙殊
二马路上的天使	李洱
不过是垃圾	格非
正当防卫	裘山山
夏朗的望远镜	张楚
北地爱情	邵丽
群众来信	苏童
目光愈拉愈长	东西
致无尽关系	孙惠芬
不准眨眼	石一枫
单身汉董进步	袁远
请女人猜谜	孙甘露
伪证制造者	徐则臣
金链汉子之歌	曹寇
腐败分子潘长水	李唯
城市八卦	奚榜

小说